我以真情诉说，你在认真倾听。感恩有你，让我抒写的文字有了温度。

张儒学

乡愁里的
故乡

张儒学◎著

陕西 新华 出版
陕西旅游出版社

图书在版编目（CIP）数据

乡愁里的故乡 / 张儒学著 . — 西安 ： 陕西旅游出版社， 2023.3

ISBN 978-7-5418-4360-0

Ⅰ．①乡… Ⅱ．①张… Ⅲ．①散文集－中国－当代 Ⅳ．① I267

中国版本图书馆 CIP 数据核字（2022）第 248046 号

乡愁里的故乡 张儒学 著

责任编辑：邓云贤

出版发行：陕西旅游出版社

（西安市曲江新区登高路 1388 号　邮编：710061）

电　　话：029-85252285

经　　销：全国新华书店

印　　刷：涿州汇美亿浓印刷有限公司

开　　本：660mm×960mm　　　1/16

印　　张：11.75

字　　数：150 千字

版　　次：2023 年 3 月　　第 1 版

印　　次：2023 年 3 月　　第 1 次印刷

书　　号：ISBN 978-7-5418-4360-0

定　　价：59.80 元

◎ 第一辑

故乡记忆

◎ 第二辑

初 心 如 磐

◎ 第三辑
山水诗意

　　我回县城时，父亲送我到公路边。他瘦长的身子弯曲着，走路一颤一颤的。车子驶离后，他仍站在那儿望着远去的我，我也望着父亲渐渐模糊的身影，鼻子一酸，眼泪就流下来了。我走了，留给他的又是孤独、又是盼望、又是等待……

山美水美是故乡

1

我的故乡在一个小山村，几十户人家，几百人口，比起我所居住的县城，不知要小多少倍。但小小的村庄，并不因此显得空旷与静谧，也并不冷清与孤寂。那整天在田间地里忙来忙去的人们，总是用匆忙的脚步衬托出村庄的繁忙与热闹，用粗犷的歌声和笑声点缀着村庄的欢乐与温馨。

凡村这边说一句笑话，往往村那边就会发出爽朗的笑声；村这边有什么高兴的事，村那边也不约而同地与之分享。我的故乡三面环山，高高低低的山坡将村子围成了一个"世外桃源"。生活在这里的山里人，是那样的纯朴和勤劳，一年四季往返于春秋里，陶醉在耕种收获中。不管是去赶集还是上坡干活，出门就得爬山，爬山练就了他们一种特有的生存本领。同时，山也铸就了他们乐观开朗的性格，磨炼了他们不屈不挠的精神。

在村庄里，似乎人人都有梦想。梦想就像春天的花朵一般，时时散发出醉人的芳香；更像田里的庄稼，在明净如水的月夜里，滋滋地抽穗拔节……播种时，他们往往梦想着自己地里的庄稼长得绿油油；收获时，他们梦想着丰收后的日子甜蜜而温馨；进城时，他们梦想着年底将要修的楼房跟城里的楼房一样漂亮；去城里打工时，他们梦想着发了财后回家创业，带动更多的山里人致富；送孩子上学时，他们梦想着孩子将来能考上大学，实现祖祖辈辈都没能实现的梦想……

父亲是个老实巴交的山里汉子，在那饥饿的年代，父亲最大的梦想就是能让全家吃一顿饱饭。为了实现那个梦想，他不分昼夜地干活，努力挣工分。生活的重担，没能压垮他的意志，再大的困难他也能克服。似乎就是那个梦想，支撑着他走过了那段艰难的岁月。

母亲是个普普通通的农村妇女，每逢过年看见别人的小孩穿新衣服时，她的梦想就是，明年能让我们兄妹几个也穿上同样漂亮的衣服。在我们很小的时候，她总是梦想着我们快快长大；我们长大以后，她又梦想着我们能成家立业，重复着祖祖辈辈的生活足迹……母亲似乎就在这个梦想中，幸福而快乐地走过了她的大半个人生。如今老了的母亲依然在梦想中徜徉，她现在的梦想就是我们事业有成，一家人能平平安安。

姨婆的梦想，似乎就一直在那条石板路上延续着。记得不管是凉风习习的清晨，或是月明星稀的夜晚，我总是看见姨婆一个人坐在院坝，痴痴地望着门前那条弯弯曲曲的石板路。听说姨公就是在这条石板路上被抓"壮丁"的，之后就再也没有音讯了。也不知多少次听见别人劝姨婆改嫁，可每次总是听她回答："我昨晚做了一个梦，梦见他从这条石板路回来了。"就这样，姨婆一直等待着，梦想着，直到她和姨公生下的儿子长大了，儿子的儿子长大了又有了儿子时，姨婆仍梦想着姨公能从这条石板路上回来，直到临死的时候，她说："我终于把他等回来了！"说罢，就永远地闭上了眼睛。

跟姨婆有着同样"梦想"的，就是村里的刘三爷了。听说刘三爷一直对姨婆好，在姨公被抓"壮丁"后，他就一直帮姨婆干农活，犁田打耙，插秧打谷……都是他来帮姨婆做。他的这份心思，年轻的姨婆当然明白，可谁也没有把这事说开，就这样各自沉浸在各自的梦想里。每当夜幕降临，刘三爷便在村口那棵树下等，等待月亮升起，等待星星挂满天空，等待心中的那个梦想在这月夜里渐渐地变得浓浓的，变得美滋滋的，就像这美丽的月夜一样，点缀着他那孤独而浪漫的一生。直到临死的时候，他始终咽不下最后那口气，大家都不知道他还在想着什么，只有年老了的姨婆明白，她走过去哭着说："你安心去吧！其实，你的心思我早就明白……"就这么几句话，让刘三爷终于带着微笑走了。

在村庄里，梦想就像田里的庄稼一样，总被春雨滋润得绿油油的，更被阳光照耀得金灿灿的！

2

故乡的山山水水、一草一木仍刻在我的脑海里，像一首田园诗，更像一幅水墨画，也时常出现在我的梦中。

故乡的水是山涧潺潺、日夜奔流的小溪。它没有江河的澎湃，没有瀑布的磅礴，但它纤细中不乏刚强，柔弱中不乏坚韧。这条小溪就这样不停地流淌着，那动听悦耳的流水声，如一首原生态民歌，将山里人平凡的日子唱得那么充满情趣，唱得那么富有诗意。

女人们总是来到溪边洗衣服，那爽朗的笑声总在大山里回荡，让山村里充满着欢乐。有时，在山上干活的人们累了，就坐在溪边歇歇，看着溪水顺岩而下，直到消失在目光的尽头。就是这条月光下的小溪见证了发生在村庄里的一个个美妙的故事。那些故事总是和村庄的月光有关。如那个头发花白，总叫着腰痛腿痛的王婆婆，在那个月光如水的夜里走了，临死时还在叫着早年抛弃她远走他乡的男人的名字。那个打了大半辈子光棍的李老五，一定是行了大运，今年开春他的身边多了一位如花似玉的新娘，如今他那在半山腰的农舍笼罩在美丽的月光下，让多少人羡慕……

听着溪水轻轻地歌唱，点缀着村民的梦想，心里有说不出的惬意。渴了，喝上一口清清的溪水，不但醉心，还透心，不但清心，还养心。如果在阳光灿烂的晴天，山村里更是一派繁忙的景象，人们忙着耕种，忙着收获，忙着为红红火火的日子苦干实干，忙着为富裕美好的生活添砖加瓦。山坡上，一年四季开满了用汗水浇出的花朵，结满了用期待换来的果实；山坡下，菜地里生长着鲜嫩的蔬菜，田野里翻滚着金色的浪花……

如果是云雾缭绕的雨天，走在山路上别有一番诗意。雨落在枝叶上的滴滴答答声伴着脚步的沙沙声，真是美妙的旋律。抬眼望去，远山如黛，经过水洗的树林是那么晶莹剔透，像涂了一层亮汪汪的清油。山间的树像一个个披着绿纱的待嫁新娘，泪眼婆娑。一片片的树叶像嗷嗷待哺的婴儿，仰面等着吮吸乳汁。雨中的山雄浑奇绝，空灵飘逸。当我因城市忙碌的生活感到疲倦时，总能听到一首首浑厚的交响曲。

生活在这里的人们，也不因外面的诱惑而轻易改变自己对故乡的热爱。他们默默地守护着家园，过着日出而作日落而息的生活。也许有的人早已走出故乡，但他们仍记得家乡，记得那片淳朴的土地上长满的草，记得破旧房顶上爬满的藤蔓，记得院中那些惹人喜爱的苹果、梨、杏，记得在家乡度过的从童年到少年、再从少年成为青年的幸福时光，记得常年都扎根在家乡土壤里的父辈们……一年年过去了，记忆里的家乡，就像母亲腌的咸菜一样，永远散发着不可替代的味道。

3

在故乡，民歌像五谷一样，在地里生，在土里长。无论是在太阳悄悄爬上树梢的清早，还是在月亮轻轻落到水里的夜晚；不管是在油菜开了花的春天，还是在稻子抽了穗的秋日；总会有民歌在田里、山上回荡着。无论是白发苍苍的老人，还是十七八岁的姑娘小伙，都会哼上几首民歌。歌声就像雨露一样滋润着村庄，像阳光一样点缀着山里人的梦想。

"太阳出来喜洋洋，扛着锄头去山上，哥在山上把活干，妹在家里洗衣裳！"这是人们出门干活时常唱的一首民歌。歌声有时粗犷豪放，有时厚重苍凉……往往是这边唱那边和，这山应那山，山上应山下，整个山村都回荡着歌声，仿佛人在歌中劳动，鸟在歌中飞翔，溪水在歌中流淌。

民歌就像山里人种的高粱、玉米、稻谷，在阳光下成长，在朴实的乡风中拔节，在山里人的梦想中成熟。什么劳动歌、情歌、仪式歌应有尽有，内容丰富，种类多样。以至姑娘出嫁或亲人去世时，人们也要唱着民歌送他们出嫁或上路。在河里洗衣服的姑娘唱着洗衣歌："太阳出来喜洋洋，我为情哥洗衣裳；只闻树上鸟儿叫，不见梦中我的郎。"在山上打石头的石工们也吼着石工号子："高高山上一匹岩，千锤万锤打下来；一锤打个金元宝，二锤打出黄金来。"特别是薅秧子时最热闹，山里人往往一边干活，一边大声地唱着薅秧歌："赶忙薅来赶忙薅，太阳没有几丈高，秧子又在上露水，娘子又在把火烧。"这块田里唱完，又引来那边田里接着唱起："大田薅秧行对行，一群秧鸡一群羊；秧鸡要找秧鸡路，唱歌要唱我的郎。"

女儿出嫁时，要唱哭嫁歌，首先得唱《哭爹娘》，因为百善孝为先："一周两岁抱手上，白天夜晚不离娘，若是女儿性情犟，不拿糕点就拿糖……"再唱《媒人歌》："一把扇儿两面花，背时媒人两边夸，只顾银钱拿到手，哪管他人成冤家……"尽管这些哭嫁歌姑娘早已练得字正腔圆，但唱着唱着悲由心生，最后真的变成哭了。这时，在场的山里人似乎都被这早已听熟了的歌声感动了，一边帮着主家办酒席，一边劝姑娘别哭了，因为"男大当婚，女大当嫁嘛！"

村里最流行、最有意思的是情歌。无论男女老少身处田间或地头，高兴时总会情不自禁地唱起情歌。在山里人心中，不分男女，不分老少，想唱就唱，不管走调不走调，只要声音洪亮就行。一会儿这边山上唱起："清早起来牵着牛，屋前院后游一游；让它多吃新鲜草，膘肥体壮长得好。"一会儿那边坡上又唱起了："送郎送到五里坡，再送五里不为多；若是有人撞到了，你说妹妹送哥哥。"

有时，情歌也专为心上人唱，如看见心爱的姑娘在对面山上，这边的男青年就用歌声表达对姑娘的爱，便大声地唱道："这山没得那山高，那山有片好葡萄；我心想摘葡萄尝，人又矮来树又高。"这时，如果山那边的姑娘听见了，明白歌中的含义，也会用山歌表达自己的心思，便回道："高高山上一树槐，手把栏杆望郎来；爹问女儿望啥子，我望槐花几时开。"

老人去世了，山里人也是唱着民歌送他上路的。虽然声音没有唱劳动歌、情歌时那么洪亮，但人们从那带着悲伤的甚至听不清歌词的歌声中，也能感受到这时的歌声带着悲伤。村庄因此多了几许厚重感。

4

故乡什么时候最美？当然是月光下。平日里，古老而凌乱、忙碌而喧闹的村庄，只要在月光的映照下，就显得那么美丽而整洁。那些散落在山坡间的农舍，这时变得错落有致。人们在或明或暗的灯光下，唤着还未回屋的小鸡，赶着还未进圈的牛羊……这些声音，或大或小，或温柔或粗犷，只要在这月光的浸染下，总是散发出温馨的气息。

这时，村口这边传来一个孩子的歌声："我们坐在高高的谷堆旁边，听妈妈讲那过去的事情……"不一会儿，那边又传来一个姑娘优美的歌声："月亮走，我也走，我送阿哥到村口……"这些歌声，像一缕轻风拂过人们的脸颊，更像一泓清泉浸润着人们的心田。爷爷将小孙子搂在怀里，一边轻摇着蒲扇，一边轻拍着怀里的孩子。听着远处传来的歌声，他也在低声哼唱着，唱的什么歌呢，只有他自己才知道。孩子就在爷爷的哼唱和轻拍中，甜甜地进入了梦乡，嘴角还挂着笑。

很快，人们便走出家门，或端着小板凳，或抬出毛竹编的凉床，坐或躺在院坝乘凉。他们迎着清新的风，望着明亮的月，十分惬意地拉拉家常，然后慢慢地睡去。一般要睡到下半夜月亮偏西，才回到屋子里去。有时，也会在外面睡个通宵。也有人在这美丽的月光下因久久不能入睡，而静静地坐一夜，心里想着那个偷偷地钻进他心里的女人，仿佛只有在这美丽的月光下，他的遐想才变得那么浪漫……

村口那棵老槐树，在这皎洁的月光下，张开如巨伞一样的树冠。每一片叶子都是银色的，亮晶晶的。这棵老槐树既像一个和蔼可亲的老人，又像一个饱经沧桑的汉子，用沉默与微笑讲述着自己走过的那段苦涩而艰辛的岁月，用痴情与忠贞守望着许许多多的人守望了一生的梦想……村庄似乎因为这棵月光下的老槐树，而多了几许柔情与惆怅！

在这美丽的月光下，村边那条银亮亮的、瘦长瘦长的小溪，像个顽皮的孩子，忽而跑进竹林里，忽而又从一户农舍的后面跑了出来。小溪上的那座石拱桥，在月光的映衬下也非常诗意地弯着，它从小溪的那边，弯到小溪的这边，再弯到爷爷的故事里……

喝茶记

1

生活在小县城，周末闲来无事往茶馆里一坐，就感觉日子像茶一样变得有滋有味。

县城不大，可大大小小的茶馆很多，各式各样的茶馆都有，最让人喜欢的是充满市井文化的坝坝茶。坝坝茶，不是一般在茶房里人们所见到的那些工夫茶，而是在室外随处可见、具有一定人文景观、闲情逸致的集散地——露天茶馆。不需要宽敞的门市，一般在河边，或者街头巷尾，或者树下。只要有一块空坝，撑几个简陋的棚子，摆上几把椅子和几张桌子，就是一个茶馆了。在那里喝茶的人，轻松自在，可以天南地北地闲聊，大声说话。只要泡上一杯茶，在那里一坐就是大半天。

状元桥，是县城里最具代表性的露天茶馆，是原大足中学的一块空坝，被一个有眼光的老板承包下来，修上简单的围墙，俨然就成了一个"都市里的村庄"。一个大坝子，放上一些桌子椅子，就变成了露天茶馆。因为这里地处城市的中心，来这里喝茶的人很多，有送孩子上学后的，也有买了菜的，还有拉板板车的、开小车的、商务洽谈的、出差的……更有我这样闲着无事的。大家都挤在状元桥茶馆喝坝坝茶。

说起喝茶，我从小便受到爷爷的影响。那时我跟着爷爷去小镇上赶集，爷爷把该卖的东西卖了，也把该买的东西买了后，便去小镇的茶馆里，泡上一碗茶在那里坐上好半天。小镇上的茶馆很多，逢集时每个茶馆里都坐满了人。爷爷边喝茶边与同桌的不管认识或不认识的人，天南地北地聊天，仿佛那些话题永远也说不完。我听不进他们说什么，更对喝茶没兴趣，爷爷又不让我出去玩，怕我走丢，我只能跟着爷爷坐着，直到快到中午了，喝茶的人都走了，爷爷才走出茶馆带我回家。

长大后，喝茶也成了我的一种爱好。那时，我在家里干农活，逢集都要去镇上赶集，把该办的事办完后，就往镇上茶馆里一坐，泡上一杯茶，在那里闲坐半天。同桌的有认识的，也有不认识的，大家似乎一点儿也不陌生，天南地北地聊起来。仿佛最近发生的大小事，在这里就能知道；哪家有点什么难事，只要在这里一说出来，大家就帮着出主意；谁家发生口角，在这里大家三劝两劝，双方也会握手言和……

其实，喝茶更多的是感受一种氛围。劳累了一天后，或者一个人觉得孤独的时候，来到茶馆里坐坐。高兴时可以高谈阔论，不高兴时就坐在那里静静地听别人说话，也可以随手拿一张报纸或者一本书，边喝茶边看书或读报，让平淡的日子像茶一样泡浓，让名利得失像茶一样慢慢地被喝淡。

2

在县城，除状元桥之外，北山景区下面有北山茶馆，滨河路沿河两边也有很多茶馆。县城里大大小小的茶馆就有几十家，为什么状元桥茶馆如此受市民喜爱？也许是那里有一道古时留下的"状元门"。遗憾的是小城从未出过状元，那道"状元门"也就从未打开。如今已变成那里的一堵破旧墙壁，仿佛在向茶客们述说着悠久的历史。

来状元桥喝茶的人最多，那些吃了晚饭后没事的人，便到那里喝茶，或与三五好友闲聊，或独自坐上一阵子。这里是一个可以小坐的地方，或者一个人或者与朋友、熟人。花钱不多，只需泡一杯茶，就可闲聊一阵子。平时忙忙碌碌的人，在这里可以闲下来放松身心；平时为生计所累的人，在这里可以说说心里话，释放一下生活的压力。

我爱好写作。身在乡下的我，总是想象着外面世界的美好，更是追逐着自己的梦想。有一次，我写的一首诗《攀登》在县文化馆的文学报上发表了，我专程从镇上乘车来县文化馆拿样报和领稿费。那是 30 年前了，领的 2 元稿费，不但够来回的车费，中午还能吃二两面条。因为难得来一次县城，也不想就这样匆匆地回去，总想在县城多玩会儿，仿佛县城就是一个充满诗意的地方，更是一个充满梦想的地方。由于在县城没有亲戚、更没有认识的朋友，我到处逛了好一阵后，只有到状元桥茶馆，泡上一杯茶。那时并不是真正要去品尝茶的滋味，而是想找个地方坐坐，感受一下县城的美景和热闹。

那时，我感觉茶馆的茶特别香，喝上一口只觉得浑身畅快，如同春雨后的空气清新怡人。我拿出那张样报，读着我发表在上面的诗，仿佛茶里也飘出了诗意，连呼吸都带着茶香味，连心跳声都是一首旋律优美的乐曲。我多想通过写作改变命运。要是以后能生活在县城该有多好，闲时就来这里喝喝茶。这茶，承载了我的追求和梦想。

后来，我得到了县文化馆老师的关注，有时也通知我来县城开文学创作会。记得我第一次来县城开文学创作会，下午报到后，大家便约着一起到状元桥茶馆，喝坝坝茶。

在茶馆里，大家聊起文学。因为是露天茶馆，大家说话很随意，想到什么说什么，不像开会时说话那么严肃。我们聊了很多关于文学的话题，也有对稿子投出去没能发表而发牢骚的，但多半是对未来的憧憬，是对文学创作的畅想。自此，我便结识了一些县城的文朋诗友，以后每次来县城，便与文友们在状元桥茶馆里喝茶。虽然文友们的这种见面方式很简单，但友情却很浓。

3

我曾一度在外漂泊。在外面打工甚是辛苦，每天从早干到晚，工作的劳累，为了生计而奔波的重压，让我喘不过气来。独在异乡，喝茶的习惯仍未改变，只要有空我都要到当地的茶馆喝茶，想在那里寻找一个属于自己的空间。

哪怕工作再累，只要往茶馆里一坐，泡上一杯茶，仿佛就进入了一片属于自己的天地。随手翻开一本刚买来的书，边喝茶边读起来。有时，也和同桌那些不认识的人聊起来，聊着聊着便忘了烦恼，谈笑风生，心情愉悦，是茶滋润了我在外漂泊的心。

偶尔回一次家乡，在县城下车后不是先回老家，而是与县城里的文友们聚一聚。文友们不但好酒好菜款待我，我们还会一起去状元桥茶馆喝茶聊天。有文友有作品发表了的，会拿来样刊让大家欣赏；有写好了一首诗的，也拿来朗诵给大家；还有正构思一篇小说的，也说出来让大家提提意见。更多的是，谈谈工作，说说打算。这时的茶口感特别甘醇。

尤其是在状元桥这样的露天茶馆，气氛更是活跃，又不限定人数，认识的和不认识的，大家围坐在一起，想到什么说什么。有现场为大家即兴作诗的，有成语接龙的，有讲笑话故事的，还有讲自己从文的经历以及从文后的困惑的等。于是，大家相互激励着，这种喝茶聚会的现场气氛非常活跃。

我对家乡的想念就是因为有这帮文友，对这帮文友的深厚友情或许就是因为这杯清茶。每次回家，我都会收获更多的快乐和友情，让我感受到一种力量。我很难生动地描述出每一次文友聚会时的情境，但是我会把每次美好的聚会都深深地珍藏在内心深处，就像状元桥茶馆的茶，不仅仅是茶，更多的是一份浓浓的乡情，一份对在外漂泊的人的一种心灵慰藉。

4

如今，在外漂泊多年的我，已回到了家乡的县城工作，再也不会为生计而奔波在外。我也经常参加一些文学活动，也许是茶与文人雅士有不解之缘，不管是区诗词学会开会，还是作协举办活动，都在状元桥茶馆。那里不是正儿八经的会场，大家可以不拘小节，轻松自在地发言。在这里开会，让人觉得不累，别有一番滋味。

有一些外地的文友来县城玩，作为文人都不富有，每次只能带他们去状元桥喝茶，这便是最好的接待。大家围坐在一起，谈天说地，就是这种轻松自在的氛围，让许多外地文友怀念。凡说起来小县城喝坝坝茶的经历，都让人难以忘怀。

记得那次从成都回来的大足籍知名作家杨泽明老师，也专程去状元桥喝茶。他是大足中学毕业的，对那里太熟悉了。我们县城里的一帮文友便去那儿陪他。他喝着家乡茶馆里的茶，十分高兴，与我们谈文学，谈他几十年的人生经历，更是给我们上了一堂生动的写作课。文友们也把写好的稿子交给他。杨老师回去后，把文友交给他的稿子都修改了，然后在他主编的《四川散文》杂志上发表了多位文友的散文作品。仿佛状元桥这地方就是他人生的重要驿站，自从他那次回来后，再也没时间回家乡了，更不可能在状元桥喝茶。前不久传来一个不幸的消息，杨老师去世了，但他的音容笑貌还鲜活地留存在我们的记忆中。

还有青木关的文友们来大足，我们带他们去状元桥茶馆喝茶。清茶一杯，大家围坐在茶桌边，喝茶聊天，谈写作经历，聊人生梦想，胜过酒桌上的那种氛围。茶没有酒那样醉人，可一杯清茶，足以品出人生的千般滋味；重庆一家文学杂志的编辑来大足，我们也一起在状元桥喝茶，编辑老师一边给我们大足区的作家修改稿子，一边喝茶，仿佛墨香与茶香融在一起，又清心、又迷人。

前不久，我出版了一本散文集《读雨》，区散文学会也在状元桥给我召开了一个作品研讨会。很多人不知道，为什么会选择在状元桥这个露天茶馆开研讨会，因为这是我的文学梦开始的地方。30年前，我在县文化馆的文学报上发表了一首诗《攀登》，曾无意中拿着样报来到这里，泡上一杯茶十分高兴地品读我第一次变成铅字的文字。

虽然，这个作品研讨会在这个茶馆里举行，但气氛却十分的热烈，参会的有区文化单位的领导，有市作协的知名作家，还有区作家诗人代表。大家围绕着作品展开讨论，或赞扬或指出不足，或提建议，或鼓励……真诚的话语像茶一样浓，更像茶一样清心。都说人生如茶，的确，人生有甜有苦，浮浮沉沉，坎坎坷坷，何尝不是一杯或浓或淡的茶呢？

如今，由于旧城改造，状元桥茶馆没有了，那里可能将变成一座高楼，或者一个公园。人们时常想起状元桥茶馆，那里留给了人们许多关于茶的记忆。不过县城的露天茶馆依旧很多，那些大大小小的茶馆，几乎天天都坐满了喝茶的人。一般情况下，我还是喜欢去西门河边喝茶，独自泡上一杯茶，坐在绿绿的柳树下，一杯清茶伴着清风或明月，喝出一种境界，品味一份淡泊，独享一份宁静！

三驱，乡愁里的故乡

1

阳春三月，风景秀丽，到处飘着花的馨香。三驱文学社组织会员来三驱采风。看着拔地而起的高楼，四通八达的公路，正在修建的工业园区，我感慨万分。三驱变了，变得欣欣向荣，变得充满诗意。

三驱是我的故乡，我对三驱太熟悉了。我从众多的记忆片段中，寻找关于三驱的往事。这里的大街小巷、风土人情时时出现在我的脑海里。在这里，随便说出一个地方，即使它发生了再大的变化，我仍然能回忆起它曾经的模样。

三驱不大，似乎只有一条老街，从上面的火烧坝走到下面的河街，十分钟就能走完。那里的房子低矮且门对着门，两侧房子的中间被一条石板路隔开，两边的商铺里摆放着花花绿绿的商品，阳光透过整齐的青砖红瓦，似乎跟其他的小镇差不多。街道的尽头是一座石拱桥，桥下就是绕街而过的窟窿河，因为这条河，以前的三驱就叫"窟窿河"，这名字至今仍被一些年纪大点的人叫着。

我生在乡下，对三驱镇心生向往。镇上条件好，人穿得好、也洋气。记得我上初中时，班上来了一位三驱的同学。他外婆家在学校后面，他在这里上学，住在外婆家里十分方便。这位同学不但说话文雅，穿着时髦，气质也很好。因此，我在心里对三驱产生了一种向往，要是有一天我能成为三驱镇的人多好。

那年，三驱镇的电影院放映电影《少林寺》，我便利用星期天去镇上看电影。我正好在电影院门口碰到那位同学，他十分豪爽，主动帮我买了一张电影票，还和我一起看电影。从此，我和他成了好朋友。我不但经常请他去我家里，还经常带他去山里、河边玩。他有时也请我去他家玩。我到他家玩时，感到无比的开心和快乐，因为那个地方是我一直向往的地方。

不久后，我们迎来了初中毕业考试，考点就设在三驱的中学，而且还要考两天。还好，我爸有一位朋友家在三驱，我就去他家住两晚，以免耽误考试。因为我是第一次住在三驱，内心十分激动。本来晚上要复习第二天要考的科目，可我哪里静得下心看书，就跑到街上去玩了。

这条街是后街，有照相馆、饭店、商店，还有个铁匠铺。这条街很热闹，晚上照相馆里仍有人来照相，他们摆出各种姿势，让照相师为他们留下美好的瞬间；饭店里，吃饭喝酒的人兴高采烈，划拳声、劝酒声一浪高过一浪；铁匠铺里扑哧扑哧的风箱声，还有铁锤的敲打声，是那么的有节奏。另有一些店铺里还播放着流行音乐，是那么的动听。

此时，小镇在路灯的照射下，美轮美奂。那些白天忙于工作的人，晚上打扮得漂漂亮亮，在街上结伴散步，有说有笑，悠闲、惬意。那晚，我从上街走到下街，又从下街走回上街。似乎还不尽兴，还想到其他地方去看看，也不知到底想看什么，但就是想再走走。这时，才觉得以前来镇上赶集，对三驱的认识是肤浅的、表面的，这一刻，我才真正认识了三驱，它是那样的美丽、那样的迷人。

2

我的高中是在镇上的三驱中学上的。那时因为乡镇差距很大，镇上人的穿着和农村人的穿着有很大的区别，一看就能分辨出谁是镇上的人，谁是农村的人。我们学校镇上的同学很多，我们班就有十几个。镇上的同学对人也很亲和，经常和我们一起玩，有时还请我们去他们家里坐坐。没事时我们就去街上逛逛，让我对三驱有了更多的了解。

到了夏天，小镇充满着特有的风情。街道临河的石墙边坐满了乘凉的人们，有拉家常的妇女，有摇着蒲扇下象棋的老人……河岸边也有赤着脚蹲着洗衣服的女人，她们娴熟地给衣服打上肥皂，然后用脚踩，用手搓。三三两两的女人凑成一堆，哼着小调，聊着家长里短。有时，河里会传来孩子们戏水的嬉笑声，这些都是最美的风景。

三驱最具特色的是那些茶馆。茶馆所在的那条街，是一条石头铺就的长长巷道，弯弯曲曲。清晨，人们把竹筐往茶馆门前一放，在临街的茶桌旁坐定。边品茶边闲谈，那怡然自得的神态，真是无法形容。每逢集日，茶馆里总是坐满了人，那些喝茶聊天的，还有说评书的，让茶馆里显得十分热闹，更为三驱增添了一道亮色。

我们学校的学生宿舍曾是一座寺庙，叫金顶寺。只要站在宿舍的窗前向外一望，三驱镇的那些房子、街道一览无余。在窟窿河的映衬下，三驱显得格外动人。

我爱好写作，利用课余时间写诗，在报刊上发表了几首诗，在同学中有了一些名气。尤其是班上的一位女同学，对我很崇拜，她也爱好写作。没事时她便和我一同散步，我们一起谈论诗歌、谈论人生理想。校园的那棵大黄桷树下，留下了我们的身影；窟窿河边，留下了我们的笑声；三驱镇上那些诗意般的小巷里，留下了我们的足迹……

后来，三驱镇成立了三驱文学社，我也加入了三驱文学社。我高中毕业后没考上大学，就去外地打工，但三驱文学社的活动我都尽力参加。记得那次文学社举办活动，我们去参观了三驱的石篆山石刻和刘天成故居。通过那次活动，我了解到三驱厚重的文化底蕴。

石篆山石刻位于大足县城龙岗镇西南25公里处的三驱镇佛惠村，造像于北宋元丰五年至绍圣三年（1082—1096）开凿而成，是典型的儒、释、道三教合一造像区，在石窟中是非常罕见的，为大庄园主严逊出资开凿。石篆山石刻是大足石刻的重要组成部分，1999年12月被列入《世界文化遗产名录》。大足还有一位历史名人——刘天成，是清乾隆十九年（1754年）进士，授翰林院检讨，后升福建江南道监察御史、吏科掌印给事中，为人刚正不阿，名留青史。

3

为深入挖掘三驱的历史文化，文学社的会员们收集了大量的素材，创作了一批文学作品。三驱石桌小学还修建了帝师刘天成和石篆山石刻开创人严逊的故事墙，创建了校园实践基地；意在将刘天成刚正不阿、清正廉洁的优秀品质，永远传承下去，深入挖掘地方特色文化资源。

我虽说不上三驱哪里好，可因为是我的家乡，我对它有一种亲切感。每次我回三驱，望着崭新的楼房、变宽了的街道，都可以感受到三驱蓬勃发展的朝气，向上的生机，崭新的活力。看着那一片片正在开发的工地，我在脑海里构思着城市发展的蓝图。沿着小镇漫步，微风吹过，夹杂着泥土的清香，那清香沁人心脾。看着来来往往的赶集人，脸上洋溢着幸福的笑容。那笑容正是写给三驱的抒情诗。

前不久，三驱文学社成立20周年。我已由一个会员成长为三驱文学社的第二任社长。我组织三驱文学社到三驱采风，感受三驱的新变化。大家从县城出发，上高速五分钟就来到三驱，映入眼帘的是一幢幢高楼大厦、一座座敞亮的厂房。三驱正在打造石刻文创园，城市雕塑、石雕、木雕、铜雕、陶艺及各种工艺品企业陆续建成投产。相信不久的将来，文创园会成为大足发展中的一颗璀璨明珠。

我们来到三驱网红打卡地大唐风域油菜花基地采风，文友们十分高兴地欣赏着这片油菜花海。微风中，金黄的油菜花似乎在载歌载舞，热情地欢迎八方游客。大家纷纷举起手机拍照，有的女文友还摆出各种姿势尽情地展示自己，似乎在与油菜花比美，也在保存这美好的瞬间。

三驱有了翻天覆地的变化，乡村变得更加靓丽。我的老家就在三驱的乡下，这些年我亲眼见证了三驱的美丽新农村建设。以前人们住的大多是破破烂烂、低低矮矮的泥巴房、土坯房，现在变成了宽敞明亮的楼房；过去的泥泞小道已经变成了宽阔的柏油公路；村里的主干道也通了公交车，十几分钟一班，方便了村民出行，刷卡上车后，刷卡机播报最多的声音是"敬老卡"……

现代农业让乡村换新颜。油菜花田如同一片花的海洋，吸引了不少外地游客来此观赏；种植的葡萄、草莓、桃子等水果，让节假日的三驱变成了水果采摘乐园……家乡的山是那么的绿、水是那么的清，天空也是如此的蓝！

正如一位文友采风后，在一首诗中写道：

一座座漂亮的新楼

在花园中央，人们的心田

洒满了三月的阳光

一度沉寂的田野和村庄

被勤劳的双手

改变着它们的模样……

县城记忆

1

每天我从县城的上街去下街上班，对县城的感知与认识，似乎就从这条街道开始。

我生活的地方虽然是县城，却是一个不小的城市。四通八达的交通，让这座城市显示出它独特的魅力。街上的门店装修得很好，店里的商品花花绿绿，吸引着路人的眼球。那些悠闲的人们，三三两两地在街上逛来走去，边走边拉着家常。

清晨的城市有着秋日的清凉，大街上人流分秒变幻，从冷清到稀落，从稀落到拥挤，从拥挤再到冷清。有的人来了，有的人走了，有的人因为爱情而憧憬着这个城市，有的人因为失恋而伤心地离开。这座县城，每天都在重复着昨天的故事，每天都在传唱最新的流行曲。

清洁工人慢条斯理地清扫着他们每天固定的路段，清理着每天都存在的落叶与垃圾，不同的可能就是丢垃圾的那个人和落下的那片叶子。晨曦照亮天空的浮云，早已疲倦的路灯照亮匆忙的脚步，每个人都在这里追逐着梦想，每个人都是来去匆匆的过客。

很小的时候，我们生产队来了一个姓刘的女知青，听大人们说她是县城里的人。从大人们说话的表情中可以感觉到乡下人对城里人是多么仰慕。她不但长得漂亮，还有文化。那个女知青被队长安排在队里的面房，她就负责在面房里记账、收粮、收钱。当时老百姓用2斤麦子和2角钱就能换到同重量的面。正在上小学的我，每天上学都从面房前经过。当我看到那年轻漂亮的女知青，又想起大人们说的那句话——"她是城里来的"。那时，我不是对与山里人不一样的女知青崇拜，而是觉得县城是那样的美好，像人间天堂一般。

后来，那姓刘的女知青去我们村小当了代课教师，成了我的班主任。她确实有文化，比过去的老师教得好多了。这让我更加认为县城里的人，肯定都像刘老师一样漂亮，都像刘老师一样有文化。

2

我真正第一次去县城，还是我当赤脚医生的父亲在县人民医院培训时。当时我好说歹说，父亲才同意带我去县城。宽宽的街道，来来往往的车辆，穿着时髦的行人，摊点前动听的歌声和叫卖声……这一切让第一次来县城的我如在梦里一般，高兴得左看看右瞧瞧，总是看不够。

那天正好是星期天，父亲就带我在县城的街上逛逛。那时县城并不大，只有一条石板铺就的街道。街道两边是一些低矮破旧的房屋。不远处就是一个十字路口，从十字路口往西就是西门，往东就是东关，这个十字路口就是县城最热闹的地方。我和父亲从十字路口出发，沿着一条石板街往东关走，这条街就是当时县城里最繁华的街道。街上摆满了各种摊点，有的在卖包子、油条、糕点等，有的在卖布鞋、凉鞋，还有的在卖锅碗盆勺、米缸面瓮、绳索吊钩、铁器农具、又耙扫帚、家织土布等，可谓琳琅满目，应有尽有。后来我走累了，父亲在一个小摊上给我买了几个苹果。当我第一次吃着香香的、甜甜的苹果时，心里不知有多开心，仿佛关于我第一次去县城的记忆就像这苹果的味道一样，香香的、甜甜的。

那次去过县城之后，我很多年都没再去过了。直到后来，因为我写的一篇散文在县文化馆办的小报上发表，县文化馆通知我去开全县文学创作会，我才又来到了县城。收到开会的通知，让我高兴了好几天。按通知要求，开会的前一天下午要去报到，可我却吃了早饭就乘车到县城，找到报到的县第二招待所。那里的服务员却说，你先去外面玩玩，负责报到的人要下午才来。我又只能到外面的街道逛逛。

可对县城不熟的我，又能去哪儿玩呢？只能在招待所附近随便走走，生怕走远了回来找不着路。还好，在离招待所不远的地方就是新华书店，我便走进去拿起书架上的书翻起来，一直生活在乡村的我，从没见过这么多书，书架上那些崭新的书，散发出的香味很吸引人。在里面看书、买书的人很多，看穿着打扮，他们都是县城人，这让我不仅陶醉在书海里，而且还沉浸在想象中。

直到下午，我才去招待所报了到。服务员安排好房间后，我简直不敢相信这是真的。这么高档的房间，让我觉得写作真好，因为写作让我来到了县城，而且还住上这么好的房间。这时的县城不再是苹果的味道了，似乎处处充满着诗意。随后，来自全县的业余作者陆续来到招待所报到，大家相互认识后，便开始聊天。因为都是爱好写作的人，有许多共同的话题，大家聊得十分开心。

这次文学创作会，实际上会期只有一天，但加上前一天报到，一共就是一天半时间。在这期间，除了开会，大家便一同逛街，一起谈天说地，谈诗论文。这次来县城，好像让我又重新认识了县城。从十字路口到去往北山的那条街上，全是一些古朴破旧的房子，在那条路的尽头，就是县文化馆。那天开会就在那里，那里是一个充满诗意和梦想的地方。

从此，我就与文学结下了不解之缘，认识了一批县城的文友，也时不时来县城与文友聚会。每次聚会，文友们总是高兴而认真地朗诵最近写的诗，或讨论别人的作品，总有说不完的话语，总有讨论不完的话题。到了中午，大家喝二两老白干，吃碗豆花饭，都觉得有滋有味。在我的内心深处，认为在县城认识了一帮文友是一种幸福，更觉得县城接纳了我，让我兴奋不已。

3

之后，我便去外地的一个小镇上打工，对家乡的县城更加思念。每天加班加点干完繁重的活儿后，回到租赁房，不管再苦再累，总要对着窗外的月光，想着家乡，更是想念着家乡的县城。因为那里有我的梦想。县城在我的思念中逐渐诗意起来，比戴望舒的《雨巷》还要富有诗意。

尽管我在外地打工，但仍与家乡县城的一帮文友保持着联系。他们谁在报刊上发表了文章，谁出版了书，都当成喜讯打电话告诉我。我从心底为他们高兴，也暗暗地激励自己。打工虽然辛苦，但我从没放弃写作。那时，几个文友在家乡县城创办了《大足文化报》，我也把稿子寄回去发表，然后他们寄给我样报。在外地，我读着家乡的报纸，还有报纸上发表的我的文章，那种心情无以言表，仿佛那不只是一张报纸，还是一份浓浓的乡情、一份心灵的慰藉。每年春节回家时，我都是先去县城与文友相聚后才回乡下老家，无论是春节还是初一，从不例外，县城就是我心驰神往的地方。

多年前，我回到了县城。由于还是打工，总感觉自己在县城就像一根无根的稻草，无法立足并生存下去。我家在离县城较远的一个偏远乡村，只能在县城租房子住。一个人在县城，加上收入低，只能租一间破旧的小屋子，一张床、一张小桌子就是我在县城的全部家当。每周五我就往乡下跑，周一又匆匆地赶回县城上班，虽然人在县城，却感觉乡下才是我真正的家。生活如此匆忙，我就像一个匆匆的过客，甚至来不及停下脚步感受一下县城的温度，眺望一下高高耸起的高楼。

　　每天在县城上班，心里却惦记着田里的庄稼是不是又该施肥了，是不是又该除草了。尤其是栽秧打谷的农忙季节，总以各种理由请假回乡下老家帮着把农活干完，乡下的农活在我心中是那么重要，而在城里的工作似乎成了副业，因为乡下才是我的根。当然，生活在县城，除了白天上班，晚上就是读书写作，日子虽然枯燥，但有诗相伴，生活还是有滋有味的。

　　电影院也是县城的一大风景，更是我打发无聊时间必去的地方。电影院比较简陋，座位是可以折叠的胶合板椅，所有门窗关得严严实实，这样一来场内就成了个密不透风的"大蒸笼"，又闷又热。在这里，我找到了写作以外的另一种乐趣。一场电影看下来，没有人的衣服不湿透的，尽管如此也丝毫没影响到大家看电影的兴致。那年《少林寺》在县城电影院上映，人们纷纷进城看这部电影。一时间，仿佛因为这部热播电影，县城多了几分时髦。

4

　　生活在县城，感受着城市的变化，许多事都沉淀在无声的岁月里。每天忙着去上班，去追梦……后来慢慢就习惯了，慢慢地爱上这座城市，有时为她烦恼，有时为她哭泣，有时为她高兴，有时也为她伤心。我在这座城市里，就这样一直向前行走着。

　　那天，一个曾在这座县城打拼多年，最后却离开了的朋友突然回来了。他打电话请我吃饭，约在新城的一家餐厅，我先打车到新城，可为了找这家餐厅，我在新城走了好几条街道。一直生活在老城区的我，这才发现，新城原来这么大、这么美。突然间，我心中不免生出丝丝惆怅，这到底是不是我所生活的县城？

如今，县人民医院也搬去了新城，老电影院没有了，可新城却新修了好几个高档电影院。我儿子在新城买了房子，新城与老城，本来是一个整体，却被我概念化地分开了。我依旧住在老城，因为有了新城，老城再也没有以前那样热闹了，就像一位老人，享受着宁静而自然的生活。我听老人们讲过很多老城的故事，差不多说的就是老人年少的时光，故事和老人一样带着皱纹。听老人讲故事，我似乎还能感受到这座城市很早以前的模样。

县城不再是以前的县城了，县城变了，一天天变得美丽而繁华起来。我没事就喜欢去步行街逛逛，因为县城的步行街最热闹。宽敞整洁的街道上总是人来人往，街两旁商店里琳琅满目的商品像在展销一样，应有尽有，衣服花花绿绿，珠宝闪着迷人的光芒，食品飘着诱人的馨香。逛街的人们有笑着观看的，也有讨价还价的，店铺的老板有静静地等待顾客的，也有大声叫卖的。有时想买点日用品，可以去那里尽情地挑选，不买也去那里感受一下热闹和悠闲。

5

不光是步行街，就是整个县城，也时常给人耳目一新的感觉。报恩路、龙中路、宾河路等各条街，都变得热闹非凡，人气爆棚。那高高的楼房、宽宽的街道、来来往往的车辆，川流不息的人群，都显示出大足向大都市迈进的步伐。

生活在城里，不但每天能感受到热闹，享受到生活上的便捷，还能让人们每天都能呼吸到新鲜空气，是一件十分惬意的事。每条街道上，不但有新栽的树，还有高高耸立的古树，使绿色成为城市底色。那街道两边的人行道上，刚铺好花岗石，让县城散发着高雅的现代气息。每年开春，树上的叶子变绿，绿得让整个城市如诗如画。夏天，那大树像撑着一把把大伞，不管再大的太阳，也晒不着在街道上行走的人们。秋天，树上蔫红的叶子随风飘落，濑溪河清柔的河水也变得清澈透明。不仅是城里，城外四周的景色也很美，是相互映衬，是相互比美。看那北山苍翠、南山娇媚……

吃了晚饭后，可以出去走走，因为县城实施了灯饰工程，县城的夜色更美。城区主次干道、桥梁、河堤、广场、街头公园、街道建筑物、重要行政单位和"窗口地区"标志性建筑、商务大楼、小区等都实施了夜景灯饰工程。不管走到哪条街，都有一排排路灯照射在路上，都让人感受到美丽和温暖。夜幕降临，人们喜爱在饭后出来散步或健身，在灯光下悠闲漫步，感觉日子真是越来越好。

在美丽的夜色中，街道像镀了一层金，人走在上面就像仙境一般，如梦似幻，心情十分舒畅。那一幢幢高楼，在闪烁的灯光下，如一位穿金戴银的少女落落大方、亭亭玉立，给人一种美的享受。如果这时去滨河公园走走，可以看到濑溪河的水里倒映着五彩缤纷的灯光，像"海市蜃楼"一般。人在河边走，梦在水中游。如果沿着龙中路走走，在那一排排整齐的路灯的照耀下，这里便显出一种空旷幽静的美。街道边的田野静静的，农舍陶醉在幸福温馨的欢乐中，给人的感觉不仅仅是恬淡，更是静谧。远远看去，那拔地而起的建筑，若隐若现的山峦在夜色的笼罩下像静静的巨人。或强或弱的灯光从一户户的窗户中透出，如波光般闪烁……

宏声广场上，这边响起《春江花月夜》的乐曲，那边传来《天边》的歌声，一群群中老年人，身着白色的、红色的、蓝色的健身服，和着乐曲，正在跳着优美的健身舞……广场旁边人行道上的树木，蓊蓊郁郁，在月色的浸润下，在夜色的迷蒙里，淡光疏影，显得端庄而又静谧。三三两两的行人在光影里穿行，偶有熟悉的倩影摇曳而至，一声问候之后，又倏然而去，留下的是一丝温馨、一份欢乐。

县城的夜是迷人的，流光溢彩，活力四射。在县城生活，我不知守望着的是城市里的什么，是小时候对城市的向往，还是记忆里对城市的那些想象？只觉得地上的影子被拉得很长很长……

我的村庄

1

　　我的村庄，是被那美丽动听的流行歌曲唱得令人心驰神往的村庄，也是被那一座座崭新的小楼房映衬得诗意盎然的村庄。村庄，在人们的欢歌笑语中，露出了微笑。

　　我的村庄在一个很偏远的山里，三面环山，只有一面是平坝。沿着坝望去，是一些平整而大小不一的田地，还有各式各样的农舍，一条蜿蜒的小溪横穿其中，给村庄增添了美丽的色彩。有山有水，宁静而和谐，美丽如画。还有一条弯弯曲曲的石板路，据说那是以前通往外面的唯一的一条大路。路上的石板早已被岁月磨得光溜溜的，一到下雨天，走在上面稍不留神就会摔跟头。这条石板路，好比饱经风霜的老人，见证了村庄的历史。

　　如今，那条弯曲的石板路似乎早已被如烟的岁月遗弃，取而代之的是一条宽阔平坦的公路，沿坝上一直向外延伸。因为有了这条公路，村庄焕然一新。出门有车坐，买化肥卖肥猪就用汽车拉，每当田里的蔬菜成熟时，城里的商贩就把车开进村来，山里人把菜挑到田坎就能卖钱。这可乐坏了年过花甲的父亲，他把自家的半亩地用来种植了蔬菜，还想承包别人的田地，可就是人老了，干体力活不如从前了，他只能叹息道："要是我再年轻十岁，该多好呀！"

那条新修的宽阔平坦的公路，把村庄与镇上的距离缩短了，山里人仿佛一下子还明白不过来，这是村庄也成了"闹市"？转眼间，村庄真的变了样，变得最快的是村庄里的房子，由过去那些小土屋，变成了砖瓦房，又变成了今天的楼房。

我家的房子也跟这村庄里的其他房子一样，一次又一次地变化着。父亲从祖父那里接过几间盖着稻草的小土屋，用他省吃俭用攒下的钱，修成了几间砖瓦房，而我们又把砖瓦房变成了楼房。拆迁的那一天，父亲说什么也不同意，他坐在堂屋，点着叶子烟，嘴里不停地念叨："这几间房子，是我与你娘省了好几年的口粮，用了好几年的空闲时间去给别人干活才修成的，怎么能说拆就拆了呢？"我们怎么劝也劝不走父亲，只好暂停拆迁工作。在公路边另选了一块屋基，修了一幢楼房。从此，父亲就住在老房子里，我们住在新房子里，我们接他出来住，他死活不肯。

因为有了这条公路，山里人去镇上时几乎都是坐车，那条石板路被大家遗忘了。父亲去赶场时，他不坐车，仍走那条石板路，我们不放心，也时时陪父亲走。父亲走在这条石板路上，精神一下子就好了，走起路来，脚步也变轻快了。他说："这条石板路，我整整走了50年了，以前这条路上人来人往，如今却冷冷清清，以前这条石板路是山里人赶驮马上街，出去闯荡的必经之路，如今却没有人走了……"

父亲走在这条石板路上感慨万千，而我也被父亲的情绪感染，仿佛看见了那长长的马队，还有那些一个接着一个沿这条石板路去赶场的山里人，驼铃声声，欢歌笑语……

2

我的村庄，是被那远走他乡的脚步，踏得匆匆忙忙的村庄；也是被那块块荒芜的田野，抹上了一丝迷茫的村庄。村庄，总在父亲期盼的眼睛里，寄托希望。

村庄被改革开放的春风吹得春意盎然，树转眼间变得更绿，水转眼间就变得更清，那些昔日被庄稼人视为生命的土地，在今天却荒芜着，以一双期盼的眼睛，盼望着什么。村里虽然有了公路、有了楼房，可村里没有工厂，村里的年轻人一改以往祖祖辈辈在田间劳作的生存方式，像小鸟一样飞向四面八方。去了城里，踏进了工厂，虽然干着脏活累活，但每月几千元的收入，却让不少山里人心动，更让贫困的村庄兴奋。

我们兄弟几个和村庄里其他年轻人一样，每年开春就从这里飞出去，每年冬天又从外面飞回来，回到村庄暖暖的怀抱。就这样，我们四处打工，叫年迈的母亲别再种地了，拿钱买粮食就行了。可一生都视土地比生命还重要的父母，佝偻着身体，依旧在田野里干活。父母感叹道："人老了，干体力活不行了，但这土地如果荒着多可惜呀！"

父亲虽然把自家的地种了，但他看着村庄里有些人家的土地仍荒着，他忧思着、叹息着："这到底是怎么了，有了工厂就不要土地了，有了城市就不要村庄了？"他仿佛看见了村庄被山里人遗弃时的悲伤。之后，弟弟在外打工挣了些钱，准备在镇上买房子，父亲知道了，就是不同意。因为在父亲心里，村庄就是自己的出生地，村庄里埋着自己的祖先，村庄就是自己的根。弟弟没有办法说服父亲，暂时放下了在镇上买房子的想法，父亲心里也觉得踏实了。

一晃又是一年，村庄里出去打工的年轻人都挣了钱回来了，有好几户人家都在镇上买了房子，成了镇上人。父亲出门或赶场时，总听见有不少人都在夸这些年轻人能干，出去打工一两年，挣了钱回来在镇上买了房子。父亲越听越觉得心里不是滋味，最后，他主动提出让弟弟去镇上买房子。弟弟在镇上买了房子，把户口也转走了，也成了镇上人。父亲出门或赶场时，听见别人当面夸弟弟，心里高兴，但高兴过后，脸上又流露出淡淡的忧伤。父亲的忧伤仿佛也是村庄的忧伤，那曾养育过祖祖辈辈的村庄，难道就不能养活这一代年轻人吗？

不久，村庄里突然来了一个城里人，把村庄里那些荒芜的田地承包了下来，说要做观光农业，土里栽桃树，田里种藕。父亲不解，城里人到乡下来，乡下人又往城里挤，这到底是为了什么？是该为村庄悲哀，还是该为村庄高兴呢？

一晃又是好几年。每到初春，那大片大片的桃树开出美丽的桃花，芳香四溢，让人陶醉。夏天，那大片大片的荷叶撑起一把把绿伞。冰清玉洁的荷花，更让人赏心悦目。从此，村庄里迎来了一批又一批前来观光的城里人。他们时髦的打扮，为古老的村庄涂上了一抹时尚的色彩，他们手中的照相机"咔嚓咔嚓"地响，要把村庄留在他们美丽的记忆里……

故乡随笔

1

记忆中，老家似乎就是鸟儿的天堂，树枝间、山坡上、庄稼地、屋顶上，到处都有鸟儿活跃的身影。布谷、麻雀、燕子、翠鸟等，它们用不同的叫声、不同的音调，点缀着寂寞而宁静的乡村。

房顶上的鸟儿时而飞起时而落下，像小孩似的不停地打闹；院前大树上的鸟儿东蹿西跳，时不时梳理下羽毛，招呼着同伴，唱起了一首欢乐的交响曲；对面半山腰的那棵梧桐树上，麻雀成群地飞来飞去，叽叽喳喳，像村里的农妇们在说着乡村趣事呢！

那时村里有好大一片树林。树林下面的我家屋后也有一片竹林，一年四季似乎都是翠绿而茂盛的样子。这一片树林和竹林似乎就是鸟儿栖息的地方。每年开春，小鸟那欢快的歌声，叫来了春阳，叫醒了大地，唱红了花朵。当农田一片忙碌时，翠鸟便追在犁后翻转的泥土上啄食泥鳅、蚯蚓，高兴了就跳上田埂欢唱着。

过了清明，布谷鸟就"布谷——布谷——"地催促着村民撒谷播种，一粒粒种子播下后，鸟儿便像山里人一样，守护着、等待着种子发芽。初夏，太阳落山的下午或黄昏，鸟儿更是不停地欢叫着，声音高低起伏，和谐而有节奏，就像用歌声唱出了对收获的渴望，对庄稼成熟的期待。秋天，也许因为收获的欢愉，鸟儿们的叫声更加响亮，歌声似乎唱响了秋天，唱响了收获，唱响了丰收的喜悦。

尤其是在冬天，寒冷的风吹拂着大地，树叶纷纷飘落，剩下光秃秃的枝条，小鸟们在田野里艰难地觅食。小时候，我就盼望着下大雪，一场大雪将整个大地装扮得雪白雪白的，便是我捕捉鸟儿的大好时机。在雪地上扫出一块空地，在空地放上一些谷物，再放好竹筛，用长长的绳子连着撑着竹筛的小木棍，只要鸟儿飞进来觅食，躲在远处的我将绳子一拉，就会捕捉到小鸟。

有一年，我捕捉到一只麻雀后，用线拴着它玩。父亲叫我放了这只麻雀，说："你这样拴着小鸟，小鸟肯定会死的，小鸟的生命在于飞翔嘛。"不管父亲怎么说怎么骂，我都坚决不肯放了这只麻雀。第二天早上起来，我发现那只麻雀不见了，当时我还以为是被家里的大黄狗或小花猫吃了。正当我为麻雀的死伤心时，父亲却告诉我，是他昨晚偷偷放了的，我这才笑了。从此我再也不捉麻雀了。

在村里，人们最喜欢的鸟是喜鹊，因为有"喜鹊叫，喜事到"的俗语。我原以为喜鹊是很好看、很美丽的鸟。原来，喜鹊是黑白色的一种鸟。如若它在你家门前"喳——喳——喳"地欢叫几声，你家十有八九就有喜事临门。我母亲说如果清晨开门听到喜鹊的欢叫声，这几天肯定有什么喜事或好事发生。母亲告诉我，村里的王婆婆那年早上起来就听到喜鹊在她家门前叫，下午她那打了多年光棍、在外面打工的儿子，就带着一个漂亮的媳妇回家了，一年后就添了一个白白胖胖的小孙子呢。还有，李二婶那天也听到喜鹊在她家门前叫，中午邮递员就送来了她儿子的重点大学录取通知书，乐得李二婶直说："喜鹊叫！喜事到，这么灵验哟！"

后来，不知怎么的，村里的那一大片树林没有了，全变成种粮食的地了。我家屋后面的那片竹林也一样，被开垦成了地，种上了土豆和麦子。小鸟们失去了它们生存的空间。自此就很少看到鸟了，更听不到鸟儿欢快的歌唱了。没有鸟儿的村庄，似乎变得格外寂寞和冷清；没有鸟儿的欢唱，乡下的日子似乎也变得枯燥无味。

在这种情况下，听惯了鸟叫声的人们，就格外期待燕子，在所有鸟儿不知所踪时，燕子还留在村庄。为了能留住燕子，人们在修房子时，总要在墙壁上用竹子给燕子搭上做窝用的小小平台，好让燕子有一个栖息的地方。也许是因为人们的良苦用心，燕子与人之间的关系格外亲近。每天燕子总是"叽叽喳喳"地叫着，给人们的生活带来鲜活的气息和无尽的欢乐。它们喜欢绕着厅堂鸣叫筑巢，喜欢占据我家厅堂的横梁，在上面嬉戏，好不开心。

有时，我端着碗在屋檐下吃饭，一不小心，一撮白屎就掉到我头上，甚至碗里。我火了，骂它赶它，拿起棍子要捅它的窝。母亲见了就会笑着责备："好不易才把燕子请到家里来，你赶它干什么呀！如果你捅了它的窝，它到哪安身？你再捅，来世变成燕子没有屋住！"

如今，农村大量栽树种竹，加强了生态建设，村里的那片树林、我家屋后面的竹林又回来了，而且看起来比原来还要翠绿、还要茂盛。也许是环境改变的原因，那些不知去向的小鸟们，又不知从哪里飞回来了，整天"叽叽喳喳"叫个不停，整个村庄里又充满鸟叫和人们的欢声笑语。鸟儿的叫声里充满着甜蜜，人们的生活也更加和谐美满。

2

在我的记忆中，泥土总是飘着醉人的清香。小时候，我家住的是几间土屋，因为墙壁是泥土做的，不但冬暖夏凉，而且还时时散发出清新的香味。

每天做饭的灶台也是用泥土砌成的。泥土干了后跟石头一样坚硬，所以不必担心灶台的坚固程度。屋前的院坝也是土坝子，每当阳光照在上面，那被踩得光溜溜的，且不知留下了多少岁月痕迹的坝子，像一幅美丽的图画。我们在坝子里蹦跳、唱歌或听爷爷讲故事，睡梦中也散发出泥土的芳香。

人们住的是土屋，一辈子都与泥土打交道的庄稼人，似乎是在与泥土较劲儿。春天，他们扛着锄头去地里，将青草还没发芽的光秃秃的田野，挖出春意、挖出梦想；夏天，他们下到水田里，弯着腰细心地栽秧，似乎只有这种姿势，才离泥土最近；秋天，他们带着久久的期盼和等待，面含微笑到田野收割稻子，男人们在田里劳作，妇女们一边忙着做饭一边在晒坝晒谷子，有说有笑，笑声一浪高过一浪，将山村点缀得格外温馨；冬天，看似闲散的日子，其实不闲，他们把从沟渠里拉来的泥土，用两块门板夹在一起，喊着响亮的打夯号子，把泥土夯实，为来年的耕种做好准备。这时，男人们喊声震天，赤红着脸，身上的汗水一直往下滴，似乎化成了一条泥土的河。

每年开春，虽然能感受到春天的气息，但冬的脚步并未离开。我便蹲在地上看着父亲挖土，随着父亲的锄头一起一落，沉默了一冬的土地似乎被唤醒，散发出迷人的芳香。在父亲和农人们的辛勤劳作中，一粒粒种子播进了地里，泥土便充满着对收获的期待。不久，等来了一场春雨。春雨是迷人的，春雨里浸透着种子和梦想的气息。春雨过后，山青了，草绿了，种子发芽了，那些光秃秃的树上也长出新叶来，房前屋后开满红红的桃花、洁白的李花、粉红的杏花……这时，泥土香气醉人。

大人们在土地里劳作，小孩则是在泥土里长大的。很小的时候，我便跟着小伙伴到田野里，用泥土做游戏，摔泥碗、捏泥人、打土仗，更甚的是在漆黑的夜里翻过谁家的土墙，又摸索着钻进谁家的土窑，我们乐此不疲。有时，我们也下到快干的水田里捉泥鳅，弄得满身是泥，回到家里少不了要挨父亲揍，但依然我行我素，第二天照样在泥土里玩得忘了回家。

上学后，我仍然和泥土很亲近，身边是禾苗，脚下是泥土，即使失去了呼吸，我浑身的毛孔一样沉醉于这馥郁的香气。每天早上小鸟清脆的叫声伴我去上学，下午迎着人们劳作时的欢声笑语回家。一路品味着人们劳动的快乐，感受着谷物的芳香和泥土的气息。耕耘，播种，收获……在夕阳的余晖里，充满着快乐和温馨。就这样，我在对泥土的似懂非懂中渐渐长大。我只知道，泥土很朴实，像我们的父辈，也是泥土让他们的心中充满着期待和梦想。

如今，好多年过去了，我也离开家乡，常常周末回乡下老家。村庄就像母亲一样，给我温暖的呵护、给我无尽的关怀，不管事业成功与否，它总是笑着、真诚地接纳我。没事时我便到田野里走走，在美丽的夕阳下，仿佛听到庄稼们在呼吸、在成长；远远看去有农人在劳作，泥土的香味里似乎还夹着汗水的气息。

后来，我干脆将父母接到城里住。可一生与泥土为伴的父亲，有空就去郊外提土，不久就在我家楼顶砌了一个菜园。说是菜园，其实只是一堆土。父亲还专门回到乡下老家，拿来了一些丝瓜、莴笋、四季豆等蔬菜的种子。父亲细心地种植，母亲常常帮着浇水，不久就长出了嫩嫩的丝瓜、长长的四季豆等。在他们的精心呵护下，菜园里的菜长得格外好，不但够自家吃，母亲还常常拿去让邻居品尝。

从此，父亲再也不嚷着要回乡下了，母亲也不觉得没事做了。是泥土留住了他们，让他们感受到了亲切，更是泥土带给我们快乐和温馨。

故乡的小河

  故乡的小河不太深，河水缓缓地流动着，发出清脆的响声，像一首永不停息的歌谣，让村庄充满着诗情画意。

  如果在河边走走，就能听到每一滴水的呢喃，就能感受到每一朵浪花的热情。偶尔弯腰拾起几片小瓦片，兴致勃勃地玩起打水漂，河面上泛起一圈圈涟漪。偶有一群群鸭子，雄起起地奔向小河，"嘎嘎"地与河水对话……

  微风吹拂，清清的河面碧波荡漾，河岸的垂柳向河面弯去，为小河撑起了一把把绿伞，鱼儿在清凉的水中自由地穿梭着，水边长着绿绿的草，开着黄色、白色的小花，偶有青蛙从草丛中跳出来，鼓着眼睛和白白的肚皮呱呱地叫上一阵。大片的柳树在淡淡的薄雾中，摇摆着嫩绿的柳条，远远望去，像一个个妙龄少女。

  小河边最热闹的时候就是每年插秧的季节。因为要抽水整田栽秧，小河两岸的各家各户都忙着抽水，都会在河边架起抽水机使劲地抽，柴油机那"叭叭叭"的响声，让整个山村都沸腾起来。大人们围坐在河边说着话，小孩们三三两两地趴在抽水机的铁管上，听铁管里水流的声音，那也许是童年最美妙的音律。这时的小河像一位母亲，用自己的乳汁喂养着庄稼，养育了一代又一代山里人。

河上有一座古老的石桥，桥墩石上早已长满了青苔，给村庄涂上了岁月的印记。桥下的河水发出潺潺的水声，那水声不缓不急，像山里人的日子一样不紧不慢，有滋有味。从上游流下的水，匀速地冲撞着河滩和桥墩，把河滩上的鹅卵石冲洗得很干净也很光滑。那些石头就像一块块玉石，在太阳的照耀下发着光。有时也有人在河边洗衣服，她们提着衣物匆匆赶来，而后就听见"啪啪"的击水声。清清的河里映出她们的身影，她们欢快的笑声和着水声，顺着小河飘去很远很远的地方……

农闲时，山里人拿着鱼竿去河边钓鱼，打发悠闲的日子。不但钓鱼竿简单，鱼饵也简单，有时候就用饭粒，不一会儿就能钓到鱼，运气好的话，半天就能钓上小半桶。将鱼拿回家，除去内脏，拌上盐，然后裹上面粉一炸，那味道真是美极了。有时，一大群小鸟在河流的上空飞旋，它们的身影映在水里，河流仿佛也活了。

有时，小河也会生气。生气后的小河开始涨水，河面从不到两米宽一直涨到两丈多宽。但似乎小河再发怒，也只是做做样子，从没有冲坏两岸的庄稼和房屋，只是河中的水汹涌着、呼吼着。但洪水半天就过去了，小河又渐渐地恢复了平静。

喝河水长大的孩子，从河上那座石桥上走出去，远赴他乡。他们各自走上了不同的人生道路，有的顺利地考上大学，毕业后一帆风顺；有的通过打工挣了钱，在城里已安定下来，然后把在家的父母孩子也接去城里了；有的还在四处漂泊，消耗着青春与梦想。

家乡的小河用它的质朴和清纯，养育着一代又一代山里人。那些从村庄走出去的人回到故乡时，常常迫不及待地走到小河边，凝视着河边的树木、青草，聆听着小河潺潺的流水声，这才感觉到真正回到了故乡。那些童年的美好回忆如电影画面一样，一一浮现。那些画面里的每一个情节，都让人感到亲切、感到温暖！

记忆里的时光

1

阳春三月，天气变暖，沉睡了一冬的水田苏醒了，又到了去田里夹泥鳅的好时节了。

于是，我便开始准备夹泥鳅的工具。找一个空墨水瓶子，在瓶盖上打上孔，再用小竹筒做成一根小灯芯，往孔里一套，再密封缝隙，插上灯芯，装上吊子，灯就做成了。再找两块楠竹板，先锯出像锯子一样的齿，再用钉子钉好，夹泥鳅的竹夹就做成了。

这些工具做好之后，在晴好的天，我早早地在油灯里装满柴油，还将竹夹拧得紧紧的，不等天黑就出门了。三月的水田里，沉睡了一冬的小泥鳅的心情和我的一样，早已迫不及待地钻出来，享受阳光和氧气。灯光一照，清澈的水中一条条粗壮的泥鳅，匍匐于泥上，任灯光怎样照它，任夹子在它上面如何变化角度，它就是一动不动。用竹夹利索地一夹，一条活蹦乱跳的泥鳅就被夹得唧唧直叫，我连忙将它装进木桶里。

那时，我捉的泥鳅让父亲帮着提到街上卖了，还能换回一支钢笔、一个作业本，有时甚至是一本连环画。

除了捉泥鳅，小时候春天惬意的事情就是放风筝。在村头田野空旷处，你架风筝，我放线，趁着风赶紧把手里的风筝送上天。有时，风力小了太费劲，不知放飞了多少次，风筝还是无法飞上蓝天。我们就拖着风筝飞奔，直到小伙伴们都跑得满身大汗。有时候你追我赶，不知摔了多少跟头，弄脏了衣服和脸。

记得那天，我一心放风筝，母亲刚给我做的一件新衣服，不知在哪儿被刺破了一个洞，我吓得不敢回家，只能躲到后面的树林里。晚上父母找到我时，我已在一棵树下睡着了。那次父亲没有骂我、打我，母亲却心疼地哭了……

2

我的小学是在村里上的。记得我去村小学报名时，一位年轻漂亮的女老师牵着我的手走进了一间陌生的教室。从此，我就在村小开始了我的读书生涯。

当我第一次拿着老师发给我的新书时，从书里散发出的浓浓的书香，让我怎么也闻不够。老师脸上的微笑还有那柔柔的话语，让我感受到一种从未有过的亲切。同学们那一张张陌生而高兴的脸，让我对学习充满浓厚的兴趣与美好的憧憬……随后，老师就从"1、2、3、4……"开始教我们数数，也从"a、o、e……"开始教我们拼音，渐渐地老师带我们朗读"我爱北京天安门"的课文，背诵"谁知盘中餐，粒粒皆辛苦"的诗句……

村小，每天回荡着我们朗朗的读书声，每天留下了我们轻盈欢快的身影。记忆中的村小是我心灵的乐园，让我这个懵懂的孩童逐渐感受到知识海洋的力量。

在我童年的记忆中，最难忘的是"六一"儿童节。儿童节时，学校总要挑选几名学生去参加镇中心小学的节目表演。这似乎是每一位同学都盼望的时刻，因为每一位同学都希望自己被选上。那几天同学们总是议论纷纷，说谁可能要被选上去表演节目了，可在老师公布名单后，结果大相径庭。虽然，这结果让有些同学高兴，也让有些同学失落，但要不了两天，大家都会忘了不快而沉浸在"六一"的欢乐气氛中。

被选上的同学，每天下午放了学后就得留下来跟着老师排练节目，而其他同学就站在旁边怀着复杂的心情观看，偶尔沉浸在那动听的乐曲和优美的舞蹈中，也时不时地因他们不熟练的动作发笑……

最高兴的是"六一"儿童节这天。因为兴奋而一晚上都没睡好的我，带着烙饼，穿上母亲特意为我买的雪白的衬衣，早早地来到学校，与全班同学一道，在老师的带领下，高举彩旗，向镇中心小学奔去。一路情绪高昂，欢歌笑语，好不热闹。

那些要表演的同学，打扮得很漂亮，老师还用胭脂为他们抹上了"红脸蛋"，看上去特别显眼，成为节日的另一道风景。随后，他们要在镇中心小学那不太开阔的舞台上表演节目，观众主要是全镇的师生们。小演员们感到这是最荣幸的事。

我在十岁那年幸运地当了一回小演员，表演的是舞蹈《我爱北京天安门》。时至今日，那也是我唯一的一次登台表演，让我记忆犹新，同时也成为我童年生活中一朵灿烂的浪花。

3

在我关于童年读书的记忆中，印象最深的是同桌的那位女同学。那时，每学期老师都要排座位，常常是男女同学搭配坐同桌。

一次，老师竟把我与大伙最讨厌的一个女同学安排坐同桌，我有点儿害怕。虽然她的年龄与我差不多大，但个头比我高，我还真不敢惹她。于是聪明的我早做了准备，首先在桌子上画上界线，说好谁也不准过界，做作业谁也不准看谁的等。

有一回，她做作业时胳膊不小心过界了，我便用尺子打了她，她十分生气，她想吵，还想骂，但想到有言在先话就没出口。不久我的手也不小心过了界，她也用事先准备好的更硬的竹片打我，痛得我直喊。我们谁都不饶谁，都在心中暗暗找机会收拾对方。我更在心中暗暗下决心，考试一定要考过她。但心中最大的愿望是，下学期再排座位时，我和哪个女生坐都行，千万别和她坐同桌了。

可到下学期排座位时，老师却按上学期考试的分数，第一名的男同学和第一名的女同学坐同桌，以此类推，我居然又和她坐同桌，算我倒霉！

有一天放学后，在回家的路上有一个高年级的同学欺负我，她主动跑来帮我，把那个高年级的同学吓跑了。通过这件事，我对她刮目相看，很感激她。一次做作业时，她的手腕不小心又过界了，我却只是笑笑并提醒她，她也笑着说：“对不起。”从这以后，我们的桌子上似乎再也没有界线了。

童年时看电影是件很快乐的事情，我们都很关注放映队的走向。只要打听到三里五村有放映队的消息，伙伴们立马奔走相告，吃罢晚饭就跟着大人们前去观看电影。常常一部电影能看三五遍，影片里的一些对白都成了平时的口头禅。

有一晚，放映队来到我们村，在村公所后面的一块空坝上放电影。那位女同学家就在坝子后，她早早地端凳子占好位置，还在路口等着我，然后叫我一起看电影。

那晚放的影片是《地道战》，那次似乎是我看露天电影中看得最开心的一次。

老家

1

在我的记忆中，乡下那几间穿斗式结构的老屋，一年四季都掩映在绿树中。

我家住在一个偏远的小山村，祖父早年是个四处漂泊的流浪儿，娶了奶奶后，回家修了这几间老屋。洗脸盆粗的木柱子，石灰和泥巴做的墙体。老屋尽管古朴得有点像古董，却仍旧直直地挺立在小山村里。在我记忆中，它既朴实又高大。

每天早上，爷爷便一声又一声地吆喝："大娃子起来去割草，二娃子起来去放牛……"就这样开始了忙碌的一天。去坡上挖土的，描绘着种瓜得瓜、种豆得豆的美丽图案；下地播种的，播撒着收获的希望……当炊烟悄悄地飘出老屋，飘到山间的时候，初升的太阳照亮了老屋，也照亮了留在我心底的关于老家甜蜜而美好的记忆。

小时候，顽皮的我常用木炭在墙上写字、画花鸟画，爷爷看见了，总要骂我几句。有时，我还用小刀在木柱子上刻画，被爷爷发现了，他就用小竹板打我的手心，痛得我直咬牙。开春后，房顶上有许多鸟儿叽叽喳喳地叫着，欢腾着，在屋顶的瓦里筑窝。我便约几个小伙伴，趁爷爷和父母外出干活时，悄悄地搭上梯子爬上房顶，把瓦揭开，捣鸟窝，取鸟蛋……爷爷回来时，发现好好的房子上到处是洞，就知道是我干的。可我早已躲到屋外的竹林里。爷爷和父母先前的怒火一下子变为着急和担心，他们四处找我，边找边喊，最后我还是被爷爷找着了。爷爷一下子把我抱在怀里，说："找到了，终于找着了，我的好孙子，你躲什么呀？"我说："我怕你打我嘛。""爷爷怎么会打你呢，爷爷是疼你的。""爷爷，我错了。""知道错了就改正，爷爷回去把房顶补好就是了。"

院前的李子树，为老屋增添了一份美丽的色彩。每到李子花开时，那洁白的花瓣裹着淡粉色的花蕊，在微风中轻轻摇曳，飘着阵阵清香。这时，总有许多小伙伴来树下玩，一会儿去嗅那迷人的花香，一会儿用李子花枝编成花环戴在头上，一会儿在飘落的白花瓣中翩翩起舞……带着淡淡的幽香的花瓣，亲吻着每个小伙伴的脸颊。

到了夜晚，明净如水的月光照着小屋，田野里时不时传来蛙声和小鸟的叫声。难以入眠的我，总是站在小窗前，而小窗外恰好就是那棵李子树。月色下的李花变得特别的白，像在牛奶中浸泡过一样，那淡淡的花香在风中飘散。我幻想着李子花一样的女孩走进我的梦中，明亮的眼睛里含着柔情，甜美的微笑里充满自信。

2

在这间老屋里，母亲是主角，有了她全家人的日子才过得有滋有味。虽说母亲的身体瘦小，但为了能在生产队里多挣点工分，年终多分点粮食，她总是不顾父亲的反对，专找一些重活干。挑大粪打田时，她总是像男人们一样，有说有笑地从各家各户把大粪挑去田里；栽秧时，她也跟男人们比试，别人栽一行她也要栽一行，她栽秧子不但快而且还正；打谷子时，她也要跟男人们一样下到田里打谷子，从未叫一声苦。

母亲还是过日子的好手。平日里，即使是用玉米面做的粑粑，母亲都能把它做得又薄又嫩，吃起来像炒鸡蛋；过节时，母亲总是把红苔干炒得香香的，让我们装在荷包里，别人闻着还以为我在吃花生呢；过年前，母亲便上街买来白布，包上膏子一染，再给我缝成衣服，让我可以精精神神地过年。

爷爷去世后，父亲与叔父分了家，老屋一人一半，说好了谁也不能拆这房子。房子是爷爷几乎用尽了一生的心血才盖起来的，也算是爷爷留下的一份家业。只要看见这房子，就会想起爷爷奶奶。于我们而言，老屋是父亲与叔父的出生地，是一种生命的延续。

后来，村里人大多富了，大部分人都把老屋改修成各式新房。父亲也动过这样的心思，但被叔父一阵骂，说父亲忘恩负义，祖上的这份家业来之不易。父亲只好打消了这念头，继续在老屋里默默地生活，养儿育女，日子也算过得甜甜美美。

此外，老屋还是孕育我梦想的地方。我常对着小窗望着院外的那片原野，守望着爷爷讲的神奇又美丽的童话，守望着院前树丫间欢快叫着的小鸟，守望着那条从家门前通往远处的小路。那条弯曲的小路，似乎就是我对未来的憧憬和向往……

3

如今，我们几兄弟长大了，不再像父辈那样始终如一地坚守着这几间老屋，而是如一群鸟儿，飞向四处。叔父的大儿子，也就是我的大堂哥，医学院毕业，自己在镇上开了个诊所，在镇上买了房子，落户小镇。我弟弟在外打工，有一些积蓄，也在镇上买了房子。

其余几个兄弟，都分别在离老屋好几里路的公路边修建了楼房。

只有叔父、叔母还有我的父母，四个人仍住在老屋里。想接他们出去住，他们都不愿意，说："在这老屋里住了大半辈子，觉得这儿清静，人老了，图什么，还不是图个清静吗？"我们谁也说不动他们，只好就这样让他们在老屋里住着。我们平时都在外奔波，很少回家。只有过年过节时，大家才回到老屋，这时老屋里就热闹了。只有这时，老人们忙着准备这准备那，我们又像回到了快乐无比的童年。

随着岁月的流逝，我已过而立之年，也从乡下搬进了城里。在城里生活的时间久了，常常让我更加思念老家。老家门前飘飞的柳絮，时常飘飞在我的梦中；清香的薄荷、嫩绿的水草、五彩缤纷的小花，让我想起家乡的一草一木；特别是老家门前的那条小河，让我怀念欢乐而顽皮的童年。

如今，母亲已经老了，她那张留在我记忆中年轻漂亮的脸，已爬满皱纹。我每次回到乡下老家，母亲总是摇晃着佝偻的身子去给我做饭，我想帮她，她说："不要你帮，做饭这事，你总是越帮越忙！"我吃着她做的粗茶淡饭，比吃那些山珍海味还香。饭后，母亲总是拉着我的手，与我亲切地说着话。我总是把工作中的事、生活中的事向母亲一一说来，虽然有些事母亲听不懂，但她仍听得那么认真、那么有滋有味。

后来，我将父母接来城里住。住在城里的母亲，常常说起老家，说起老家的一些人和一些事，说起老家那些欢乐的日子与温馨的记忆，说起老家人因丰收而爽朗的欢笑，说起老家因红白喜事而变得热闹的场景……

一个周末，我陪母亲回到老家。老屋早已变成了废墟，迎接我们的似乎只有一片婆娑的树影。已经去世多年的爷爷和奶奶，似乎仍在我的眼前站立，记忆就像一张光盘轻轻地旋转，唯有院前的那棵李子树依然守护在那里。那苍老的树像一个老人，眺望着百花盛开的远山，守望着日渐冷落的乡村。那发皱的树干上的纹路，就像一部厚重的书，记述着老屋的变迁，见证着老屋里留存的快乐与温馨。

此时的老家，似乎就是我儿时玩伴的一声问候，就是响在我耳畔的一句淳朴的乡音，就是我永远也割舍不断的浓浓的乡情！

老院子

村里，谁都记得张家老院子，因为村公所办公室、村医疗站、裁缝铺、学校、推销店、打米房都在那里。那里的医生、裁缝、打米员、售货员都拿工分，所有收入也是归集体的。所以，它跟别的老院子不一样，那里仿佛成了村民办事、开大会的地方。

张家老院子因里面住着的人全姓张而得名，不知是哪时修建的，也不知里面的人是怎样住进去的。那是一个被大大的圆柱子撑起的用瓦房围成的四合院，因年代久远而显得有些古老，墙上还依稀可见岁月的痕迹。院里有一个石坝子，早已被时光磨得光溜溜的，偶尔有几处凹洞，深陷墙体内……尽管老院子处处显示出古朴的风貌，但老院子总是在一种平和的情调中迎来春夏，送走秋冬。

张家老院子跟一队的何家大院子、二队的王家大院子、三队的黄家大院子、四队的杨家大院子……似乎没有两样。吃饭时，每人端一碗饭坐在自家门口，或说笑，或拉家常……更多的是，因为它是村里的"政治"中心。外地来打玩意的，总是在老院子里"叮叮当当"地奏乐，引得全村的大人小孩都往老院子里跑。外地来耍猴戏的，也都往老院子去，那精彩的表演使老院子多了几许欢乐。如果是过年过节，人们穿上一件新衣服也得往老院子里跑，似乎只有在老院子里才能展示自己的漂亮，才能感受到快乐和开心。没事时男人们三三两两在一起说笑，粗犷的笑声在老院子上空回荡。女人们三五成群在一起谈天说地，欢笑声在老院子上空久久不散……

如果村里开大会，就是村主任不说地方，大家也知道在张家老院子开。这时全村的男女老少不管手头有再忙的活儿，都得放下往老院子里跑。开会讨论的议题有很多。如开春了，该怎样平整秋田；要打谷子了，哪几个人一起打谷子；年终了，怎样分粮；买回一头牛，应该由谁负责饲养……老院子系着人们的生计，系着人们的油盐柴米。

特别是公社电影队来村里放电影时，村主任总是安排在张家老院子，这时老院子就显得特别热闹。半下午时，高音喇叭里放出的歌声在村里响起。方圆几里的人早早地来到这里，老院子被欢乐和笑声挤得满满的……

张家老院子后面是村小学，里面有很多个班，每天学校里传来朗朗的读书声，给老家增添了无穷的雅趣。不知为什么，不管多调皮的学生，只要看见黄老书记就怕得直躲。有时，大人也用这话来吓孩子："黄书记来了。"吓得顽皮的孩子连大气都不敢出了。其实，黄老书记只是声气大，从没骂过人，但全村不管大人小孩子都怕他。张家老院子最热闹的地方是医疗站。每天来这里看病拿药的人很多，小孩子往往因为打针而哭，大人却笑着哄着。打米房里更是整天"劈劈啪啪"响个不停，人们挑着谷子和麦子来加工，再汗流浃背地挑着米或麦面回去。

一进入腊月，裁缝铺最热闹。大人带着小孩子拿着刚发的布票扯了布来这儿做衣服。那时布料紧缺，一般做衣服都要到裁缝铺量身做。虽然，裁缝是拿工分的，但她们都很敬业，一到腊月就得通宵赶工，直到把所有的衣服做完，好让大家初一那天能穿上新衣服。

老院子里，人们经常去的地方，除了医疗站，就是推销店了，当时想做售货员的人也很多。售货员并不是整天光坐着，哪样东西卖完了，还得自己上街去挑回来。那时，买个线、称斤盐、打斤煤油……有时还要欠账。只有售货员同意才能欠账，否则就买不到东西。所以，售货员在老百姓的心目中，就像医生、裁缝一样受人尊敬。

在张家老院子里，还有一个杀猪匠，叫张海全，每到腊月，总看见他背着工具，早出晚归，忙着去各家各户杀猪。杀年猪的热闹声，一浪高过一浪，一家胜过一家。不管大人小孩，脸上都带着微笑，心里都装着说不出的喜悦。今天你请我吃"刨猪汤"，明天我请你吃"刨猪汤"。山里人在平时很少像这样闲着，在这浓浓的年味中，到处是劝酒声、说笑声……整个山村里充满了温馨和谐的气氛。

在张家老院子里，人们时常看见一个戴眼镜的中年人，他就是蒋会计。好像他总是在忙，一年四季都听见他的算盘响个不停。他的话不多，人们来村公所办事或盖个章，都得经过他。他说这事能办，他就马上给你办；他说这事不能办，就是你去找村支书、村主任也没用。他办事很认真，就是给人开个证明，也得左看右看，害怕出个什么事似的。凡事小心的他，一辈子没得罪过人，也没犯过什么错误。

有一年，县里的工作组来了，也住在张家老院子，好像是专门来整顿作风的。有天晚上，工作组抓到几个打牌的，第二天就在老院子开大会，让他们个个在上面念检讨书。这样一来，张家老院子因有工作组进驻，变得让人生畏，平时没事大家一般不去，就算有事，也都办完就走。

老院子虽不大，但里面有几棵桃树、李树、橘树等，三月有桃花李花盛开，秋天果子熟了果香四溢。还有一棵大大的老槐树，像一个老人似的站在院子的一角，给老院子增添了古老的味道。在那些月光明净的夜晚，孩子们总是坐在树下听李爷爷讲故事，听得孩子们总是发出唏嘘声……

    如今，里面住着的人家几乎都从老院子搬出去了。在外打工或经商致富后，不是在街面买了房子，就是在离老院子不远的公路边修起了小洋楼。如今张家老院子只留下零星的几间房子，如饱经风霜的老人，还在讲述着当年的甜美往事……

父亲的麦地

父亲的麦地和他的菜地一样，是充满诗意的地方。

深秋，刚挖了红苕后，父亲就在心里悄悄地思考着，要留一块最好的地来种菜。因为菜地不但要土壤肥沃，更要阳光充足。剩下的地不管好与不好，都种麦子。因为麦子不择地方更不择土壤，只要在地里播下种子就能发芽、生长。于是，不管是平地还是山间，不管田边还是土坎，成片成片的变成了麦地。麦子种下后，土地是松软的、平展的，过不了几天，就会长满绿油油的小苗，一排一排，整整齐齐。一颗颗晶莹剔透的露珠挂在绿绿的麦苗尖，那样子真的很美。

父亲总是站在麦地边，看着嫩嫩的麦苗，心中充满了惊喜，就像看着自己刚出生的孩子一样，时而用手去抚弄，时而发笑。他有时也在麦地边转来转去，虽没有"横看成岭侧成峰，远近高低各不同"的心境，但他却对麦子倾注着一种深深的爱、浓浓的情，那种情和爱似乎只有麦苗知道。他盼望着麦苗快长高，自由、积极地向上生长。

种下麦子后，冬天来临。在万木凋零的冬天，树叶飘落，天空灰蒙蒙的，找不见一丝活力和生命的绿，寒冷的风吹过大地，天地凝固在一片冰冷之中，贫瘠的乡村除了黄土就是枯枝。这时，父亲总是到麦地边，看着嫩嫩的麦苗，仿佛看见了春天的风景，看见了收获的希望。但他的眼神里，也多了些担心，更多了一些关爱，他想释放出他心中所有的能量，去呵护麦苗、去温暖大地。有时，下起一场大雪，将大地覆盖，父亲就担心嫩嫩的麦苗会不会被雪冻死。麦苗多嫩多可爱啊，哪能承受这样的摧残？哪知，在雪后的阳光下，麦苗依然保持着生命的绿。

　　冬去春来，百花盛开，到处充满着春的气息。院前的桃花红得耀眼，田埂上的李花白得喜人，田野的油菜花开得黄灿灿的，可麦子不与她们争春，保持着乐观向上的心境，在春风的爱抚下，一个劲儿地向上长。春天的田野因为有麦地的映衬，多了一种生命的底色，整个大地就是一幅黄绿相间的油画，更是一首抒情的长诗。父亲这时不因花迷了眼，而是一个劲儿地欣赏着地里的麦苗。地里已长得绿油油的麦苗，比花好看十倍、百倍。

　　麦地不光是属于父亲的，也是我小时候的乐园。童年的我经常和小伙伴穿梭在无际的麦田里。我们在麦地里玩捉迷藏的游戏，躲在密密的麦田中是很难被发现的。周围的麦子散发出的清香，让我们陶醉，更让我们的梦充满着幻想，在我们幼小的心中麦地就如仙境般美丽。夜里，在朦胧的月光下，我也曾悄悄跑到麦地，闻一闻麦苗的清香，看一看随风摇曳的麦苗。回到屋里睡觉后，也时常梦见麦子开出了美丽的花朵，那花朵比桃花、李花，比春天所有的花都好看……我的童年就是与成长中的麦子相伴，在这种快乐中度过的。

　　初夏一到，麦子就黄了，黄黄的麦子在微风中摇曳，成熟季节的麦田无疑是最迷人的。麦子经过拔节抽穗，终于迎来了成熟的时节。金色的麦浪在烈日下随风翻滚，麦芒上闪耀着太阳的光芒。父亲总是跑到麦地，十分高兴地看着金黄的麦子，脸上挂着笑容，他那等待收割的心似乎早已按捺不住，那渴望收获的梦想一下就变成了现实，他大声地吼起来："哟，麦熟了哟——"他那粗犷洪亮的吼声，在山间久久地回荡着。

仿佛，正是由于父亲的那一声吼，转眼间地里的麦子全黄了。站在麦地边的父亲，看着麦子笑着，仿佛是在对麦子说着话。也许这种语言，只有麦子和大地才懂，就像父亲最懂他们一样，他们的感情是内在的。麦粒金黄而饱满，向人类展示了自然的生命之美。

这个时节，人们总会弯着腰，卖力地挥着镰刀，将金色的麦子拥入怀中。收割麦子的地里是最热闹的，各家在地里忙着自己的活，但一块地连着一块地，又好像大家在一起干活一样，彼此说着笑，笑声、说话声从山上传到山下，再从山下飘进农舍，时高时低，像一阵温馨的风吹拂着山村，像一场春雨滋润着山里人久旱的梦境……

刚开始割麦的时候，麦秆多少有些韧劲，割一束麦子，需分成两股，在麦穗头那一端，一旋，一扭，一按，捆麦个子的草腰儿就摆在地上，然后一捆一捆挑回家。晚上打麦，随着"啪啪"的响声，麦粒落地，那声音比电视上的歌声还好听。麦子收割后，麦草被捆成一个个精致的稻草人，高高地立在麦田中间，静静地守护着这片麦田。

麦子收割后，大地变得空旷，一大群麻雀叽叽喳喳地在远处徘徊，好像在找掉在地上的麦粒。它们一遍一遍地在麦子地里寻找着，然而这群麻雀却一无所获。它们扰乱了周围的宁静。

夜里，父亲来到刚刚收割后的麦地里，在明净的月光下，田野显得格外空旷，也充满诗意，微风中还夹杂着麦子的清香，整个山村似乎还沉浸在收获的喜悦中。

粽子飘香

1

不知不觉，又到端午节了，我陶醉在粽子的香味中。

我的家乡在一个偏远的小山村，平日里山里人都在地里干活，山村里显得十分宁静而空旷，只有过年过节时才变得热闹而亲切起来。过年过节时，从他们那匆忙的脚步中，从山里人那高兴的笑容里，就能感受到一种浓浓的节日氛围。

在所有的节日中，端午节让我记忆深刻。端午节这天大清早，人们或三五成群，或独自兴致勃勃地跑去荒地或山坡，采些艾草回来挂在大门上，驱除邪恶。于是，山村里处处都飘着艾草淡淡的香味。夜里，山里人还将艾草当成纯天然的蚊香，驱赶蚊子。之后，他们将从山上采回来的艾草挂在屋檐下晾晒，以备日后偶感风寒时用。

端午这天，山里的男男女女，老老少少，还会用陈艾、菖蒲、金银花等煎成药汤，饮个一碗或半碗的，清热解毒，既能净心又可明目；或熬成洗澡水，大人小孩泡个澡，既洁净身体，又舒畅心情。

小时候，我只懂得端午节吃粽子，不知道端午节是家喻户晓的传统佳节。儿时的我盼望端午节就像现在的孩子盼望"六一"儿童节一样，端午节一到，不但可以吃到香香的粽子，最有趣的是还能洗个药澡。平时忙于农活的大人们到了这天也得放下手中的活儿，打扫院子和准备包粽子。让家里所有的人都用菖蒲、陈艾等草药熬的药水洗澡净身，然后再美美地吃粽子。粽子的清香和草药的药香相得益彰，把端午节的节日气氛烘托得很浓厚。

　　端午节前后几天，还要走亲访友，相互送节。如果家里有未过门的媳妇，在端午节前就得请她们全家过节，节后就得去送节，晚辈走长辈，女婿走岳父岳母。在你来我往中，端午节显得格外温馨，既增进了相互之间的感情，又增添了节日的喜庆氛围。

　　长大后，我到远离家乡的小镇打工，常能听到大街小巷中那一声声拉长的"卖粽子，卖粽子哟——"的叫卖声，粽子仿佛不只属于端午节，但只有在端午节，我才买回一些粽子和家人一道分享。有时单位也发制作精良、包装精美的粽子，品尝起来也算香甜可口，但却少了许多留在我记忆中的味道，也少了许多让我为之陶醉的芳香。

2

　　在这浓浓的节日氛围里，我总是想念家乡的端午节，想念端午节母亲包的粽子。

　　为什么母亲如此看重端午节，更是把包粽子看成她心中最重要的事情呢？因为包粽子还有一种特殊的意义。在她很小的时候，外公加入马帮帮人搬运东西，常年在外奔走，很少在家过节。特别是端午节，外婆更加思念外公。后来外公随马帮替人驮东西去了一趟云南，这一走好几年都没有音信。每到端午节，外婆就把对外公的思念寄托在包粽子上，外婆包的粽子一年比一年香，而思念也一年比一年浓。

有人说外公被抓壮丁去了某战场打仗了，生还的可能性很小；有人说他们被当地土匪抢了，人下落不明；还有人说外公在当地找了一位富家小姐成家过日子了，肯定再也不会回来了……但外婆不信，她相信外公一定会回来的。在几年后的一个端午节，当外婆把香香的粽子放在桌子上，正在发愣时，外公突然出现在她眼前。这让一家人高兴不已，更让外婆相信一定是她包粽子的香味，带着她的思念把外公唤回来的。也许就从那时起，母亲也慢慢地学会了包粽子，而且包的粽子跟外婆包的一样香，一样好吃。

每年端午节来临时，母亲都要把包粽子当成一件很重要的事来做。不管多忙的活儿都要放下，也不管在哪儿都要赶回家。在头几天就得泡好糯米，端午节那天，在包粽子前，先要把糯米洗干净，然后再细心地、慢慢地包，像她做针线活一样。

记得有一年干旱，田里栽的糯谷几乎颗粒无收，大家都说今年不吃粽子了，可母亲却坚持要包粽子。父亲为难地说："没糯米怎么包呢？"母亲笑笑说："就用饭米包嘛！"父亲十分担心地问："能行吗？"母亲非常有把握地说："肯定行！"于是母亲就用饭米来包粽子，经过母亲的精心制作，同样大大的、香香的粽子摆上了桌，邻居们纷纷跑来品尝。除了吃起来不糯外，几乎再没别的不同了。大家都夸母亲心灵手巧。那个端午节，我们全家过得特别开心。

现在尽管我久居城市，但对家乡的端午节却情有独钟。端午的粽香似乎一直在我的记忆里飘着，悠悠的、糯糯的、浓浓的……不管我是在单位值班，还是在外地出差，端午都犹如浓浓的乡情，点缀着我的思念。端午节被国家列为法定节假日后，每年的端午节，我都要回到乡下去过。

我每次回去过端午节，父母都非常高兴。端午节前几天，父亲就把地里急需要干的活干完，然后利用这难得的闲着的时间，听我说说城里的一些新鲜事。母亲已早早地泡好糯米，摘上大竹叶，在端午节那天就仔仔细细地包起粽子来。别看父亲平时干起活来大手大脚的，在母亲的指挥下包的粽子还真是像模像样，饱满而有棱角。

3

每到端午节，单位总要发粽子，而且那些粽子越来越大，包装越来越精美，不管从包装上看，还是从粽子本身来看，高档得无可挑剔。但不管怎么高档，都没有母亲包的粽子好吃。每年端午我总是回到乡下老家，全家人一边吃着母亲包的粽子，一边享受阖家团圆。临走时，还要带些母亲包的粽子，分与同事和朋友品尝。

今年，端午节即将来临之际，平日里很少来城里的母亲，突然来我的家中，而且带来了一大捆菖蒲、艾草，还有包粽子的糯米、大竹叶等，我们全家为母亲的到来而高兴不已。母亲高兴地说："快过端午节了，今年我要来城里过节。因为端午节不光属于乡下，也属于城里嘛！"我说："你来就来，怎么还带这么多东西来呀，菖蒲、艾草、糯米等在城里也能买到呀！"母亲笑了："我这是把整个端午节都给你们带来了哟！"

第二天清早，母亲早已在我家的门楣上、门板上、门环上，甚至窗棂上都插上了菖蒲和艾草，她说这是过端午节的必备之物。菖蒲和艾叶散发出一股清香，在整个房间里飘散，一种久违的而且似乎只有乡下才有的端午节的芳香，在空气里弥漫。

最让人高兴的是一家人跟着母亲学包粽子。在家乡，端午节包粽子是家家户户必不可少的一种习俗。母亲跟其他的山里人一样，似乎都是无师自通。同一个小区的大妈、大婶听说我的母亲在家里包粽子了，都跑来学。母亲耐心地教，让她们试着包，试着试着就真能包了。她们都十分高兴地说："明年我也去买糯米、大竹叶来包粽子，让我家也过个真正的端午节呀！"

邻居们把自己包的粽子煮好端出来，让小区里的邻居们品尝。平日里平静的小区热闹了起来，充满着端午节的节日气氛，回荡着邻居们欢快的笑声。那浓浓的、香香的粽子味，随着轻风飘散，随着喜悦的心情飘散……

这个端午节，似乎被香香的粽子点缀得更温情了！

乡愁里的王豆腐

每天清晨，人们还懒懒地躺在床上时，王豆腐那洪亮而粗犷的喊声"卖豆腐，豆腐"，像定时的闹钟一样，将还有些睡意的村庄叫醒。他的声音很大，在山那边喊，山这边的人也能听见。也许是人们习惯了他的叫卖声，只要他一喊，人们便纷纷起床，要买豆腐的去买豆腐，不买豆腐的便下地干活。

乡村的早晨是美丽的，远处的房子还笼罩在晨雾里，隐隐约约地露出几处屋檐。几棵高大的树，都快把太阳遮住了。风吹过来，树叶沙沙作响。小鸟欢快地拍着翅膀，唱着歌儿在树丛中穿来穿去。那时，山村里很热闹，人们也很繁忙，有的在地里干活，有的在坡上放牛，晨风中总是回荡着人们的笑声，坡上坡下总有人说话。可这并不影响王豆腐的叫卖声，仿佛他一喊，就让美丽的清晨多了一种欢乐，让空旷的山村多了一些色彩。

说起王豆腐，其实是大家对卖豆腐的老王父子的称呼。听说做豆腐是老王家祖上传下来的手艺，新中国成立前老王的父亲就是以卖豆腐为生的，还挣下了一份家业。新中国成立后，大家都在生产队干活，队上不准发展副业，老王就不敢公开做豆腐卖了。但他又不想让他这做豆腐的手艺失传，有时晚上偷偷在家做豆腐，天还没亮就挑着豆腐到别的村去卖。也不敢大声喊，只是轻声地问。很多人都知道老王出来卖豆腐的时间，要买豆腐的就准时在屋前等着。老王卖完豆腐后，还得回生产队干活儿挣工分。这样既可以挣点油盐钱，也可以让他的儿子学到做豆腐的手艺。

有一次，老王晚上在家偷偷做豆腐，被队长发现了，队长带人到他家里，把做豆腐的工具没收了，扣了他十天的工分，还在队会上点名批评了他，警告他如再有下次，就扣他半年的工分。扣半年的工分是什么概念，他家两个大人挣工分，5张嘴吃饭，如果再被扣半年工分，等于他家就分不到粮食了。那年头，粮食比什么都重要，没有粮食就等于没有活路了。

后来，队长一想，老王既然会做豆腐，干脆叫他在队里开个豆腐作坊。一来做个顺水人情，二来可以为队里增加经济收入。他把这一想法给王豆腐一说，王豆腐一口就答应了，但他有一个要求，他做豆腐得计工分，队长马上答应。说干就干，队长叫他置办工具。其实做豆腐的工具很简单，只要有两口大铁锅和一盘大石磨，还要两个帮工就行了。

豆腐坊设在生产队保管室的一间大屋里。大屋有四间房那么大。实际这间屋子就是生产队的办公室兼值班室。生产队开会、会计办公、社员歇晌、晚上值班都在这里。磨豆腐的石磨就在大屋靠东的地方，磨盘上方还用绳子吊着一个用黑土烧制的大瓷盆，盆中有水，盆底有洞，插着高粱秆，水缓缓地滴在石磨上。

有了豆腐坊，队里就热闹了，社员们没事时总往这儿跑，有来买豆腐的，更多的是来这里聊天说笑。王豆腐干上了他最想干的活，干得十分认真。每天早上很早就起床，推磨磨豆子，然后用锅煮豆腐。两个帮工来时，他已做好几锅豆腐了。然后他就分别和两个帮工挑去村里卖，可不知怎么的，每次都是他的豆腐先卖完。这个豆腐作坊确实给队里带来了良好的经济效益，队长不止一次在会上表扬他，全队人也暗自夸他。

农村土地制度改革后，大家都自己种自家的田，再也用不着每天去队上挣工分了，这个队里的豆腐作坊也自然不再办了。再到改革开放，鼓励老百姓勤劳致富，王豆腐重操旧业，又干起了卖豆腐的营生。他想现在政策允许了，可以大干一场了。于是以家为作坊，开起了豆腐坊，全家上阵，把卖豆腐当成致富的门路。

每天，老王在家做豆腐，他的儿子小王就挑着豆腐在附近几个村子里卖。挑的竹筐上面放个木制豆腐盘，扁担上挂着杆木秤，一个旧式布袋里装着些零钱。他一边吆喝一边走，时不时有村民出来买豆腐。这一来二去的，各村的人都渐渐地熟悉了他，而且觉得王豆腐做的豆腐很好吃，最主要的是大家图个方便，不用去镇上就能买到豆腐。

在乡村，豆腐可是一道常见菜，凡来个客人，或是谁家满十做生，红白喜事办酒席，都离不开豆腐。如果要得多，头一天就得去王豆腐家预订，第二天一早，他就早早地把豆腐送来。王豆腐非常讲信誉，只要有人预定了豆腐，不管他再忙，就是通宵加班，也要做好，第二天准时送到。就凭这一点，王豆腐在村里获得了很好的口碑。

其实，王豆腐制作豆腐是很讲究的。要先将洗好的黄豆用清水泡一个小时，然后用石磨将泡好的黄豆磨成豆浆，用屉布过滤掉其中的残渣，将过滤好的豆浆倒在一口大铁锅内煮沸。煮开后就放入盛具中点卤水。倒入卤水后不断搅拌，直至豆浆开始结块。再将结块的豆浆倒入模具中，压上干净的木板，木板上再放上平整的重物，压上几个小时后，豆腐就做好了。

村里几乎人人都知道老王的豆腐做得好，也都爱吃老王做的豆腐。老王卖了大半辈子的豆腐，村里的人总说，老王从头到脚都有一股豆香味。

老王渐渐老了，豆腐就由小王来做了。小王也不小了，三十多岁了，将豆腐作坊做得风生水起。可大家不称他小王，仍像称呼他父亲一样叫"王豆腐"。王豆腐得到了他父亲的真传，他做出的豆腐比他父亲做的还要好。嫩滑白净，味道醇香。小王年轻，也更有干劲儿，每天鸡叫头遍他就起床。每次都是他推磨，老婆喂豆子，磨豆子时发出"吱嘎吱嘎"的响声，既像一曲优美动听的天籁之音，又像一支雄壮的劳动号子。

忙完后，天还没大亮，王豆腐便挑着豆腐出去卖，村里又传出他的叫卖声："卖豆腐哟——"有要买豆腐的人便围上去买，看热闹的小孩子也围上去打闹，王豆腐也不生气，总是笑着一边逗小孩子一边称豆腐。动作十分麻利，人们似乎从他的笑声中，也闻到了一股清香而甜美的味道。

王豆腐的生意越做越好，几年下来，他成了万元户。当时的万元户是不得了的，令多少山里人羡慕。他家也是全村第一个修起楼房、第一个买车的人家。凡在村里，只要一提起王豆腐，人人都羡慕不已。王豆腐成了人们致富发财的榜样。可王豆腐并不满足于现状，他想有更大的发展，便把他的豆腐作坊搬到镇上去了，这样他的豆腐生意就会更好了。

清晨的小镇一片静谧，而王豆腐的豆腐作坊里早已点上了灯。他在橘色的灯光下又早早地忙活起来了。王豆腐的豆腐在小镇上也是小有名气的，几乎人人都知道他的豆腐，也都爱吃他做的豆腐，有的餐馆每天都在他那儿预订豆腐，他的豆腐生意更好了。

小镇逢集时最热闹，四面八方的人纷纷前来赶集。王豆腐的豆腐摊前也最热闹，有前来买豆腐的，也有前来放东西的。王豆腐忙前忙后，可他总是面带笑容，似乎从未见他生过气发过火。可卖豆腐不像其他的生意，只在赶集天忙乎，豆腐几乎是当天买当天吃，王豆腐的豆腐摊平日里也跟赶集天差不多，这让同行们十分羡慕。

时间一晃又过了好多年，当年的小王也变成老王了，他家的豆腐生意越做越大。随着时间的推移，好多当年红火的生意，现在都冷清了。只有吃豆腐的人似乎从未变过。相反从吃饱到吃好，再到现在的吃得健康，吃豆腐的人更多了。老王的豆腐已做成了品牌。他也把做豆腐的手艺传给了他的儿子。他的儿子又把豆腐作坊搬到县城去了。

已经六十多岁的老王，没有跟着儿子去县城，却回到了乡下。可他仍没闲着，依旧做着豆腐。身子硬朗的他，每天早晨仍旧挑着豆腐在村里叫卖，他那"卖豆腐哟，卖豆腐哟"的声音，依旧每天早上在山村里回响。有人问他："老王，你都这么大岁数了，还卖什么豆腐呀，你家里也不差这几个钱，你就好好享福嘛！"老王总是笑而不答。

岁月悠悠，那磨豆子的"吱嘎吱嘎"声，那让大家熟悉又洪亮的叫卖声，依旧在有些空旷的山村里回响，老王豆腐坊里散发出的豆香味，像落日余晖下袅袅升起的炊烟，融入沉沉的暮霭中，挥之不去的还有那淡淡的乡愁。

父亲老了

　　父亲住在乡下的老屋。老屋离公路不算远，几分钟路程，但老屋像与世隔绝了一样，显得十分的宁静。只有屋前的竹子树木，因微风摇晃而发出一些轻微的响声，让老屋有了一些生气。虽然父亲的耳朵有些背了，这些细微的声音他却听得真切，就像在听一些熟悉的乡间俚语，让他时而发呆，时而发笑。

　　父亲年龄大了，不再种地，但他还是时不时去田边走走，看看庄稼的长势，听听田里秧苗的拔节声。有时，看见地里有杂草，他走去拔掉；有时看见一株菜苗被风吹倒，他也走去将其扶正，像在自己的庄稼地里一样。也难怪，种了大半辈子庄稼，一时闲下来不习惯，他便用另一种方式，去亲近土地和庄稼。

　　老屋里，父亲与他喂养的一条大黄狗和一只小花猫特别亲近。不管父亲走到哪儿，大黄狗就跟到哪儿，总是摇着尾逗父亲开心。当父亲坐在屋里休息时，大黄狗就懂事地守在屋外，生怕有陌生人走进来，惊吓到父亲。而小花猫却像一个顽皮的小孩，在屋里跳来跳去，时而爬到父亲身上，惹得父亲既怜爱又无奈。父亲吃饭时，小花猫又跳到桌子上，这下大黄狗生气了，跑来将小花猫赶走。这两个小家伙的存在，让父亲不再孤独。

更多的时候，父亲在堂屋的椅子上静静地坐着，晴天看着外面暖暖的阳光，雨天听着滴答的雨声。仿佛这样静静地坐着，成了他特有的一种生活方式。也许他在心里算着，多久又是劳动节或国庆节，在城里工作的我们，是不是又要回家了；或者他在等待我们的电话，虽然他知道电话里除了问个好，可能没有别的内容，但他还是盼望着，哪怕每次都只是听到重复的那句："爸，你在家好吗？"

父亲一共有三男一女四个孩子，弟弟是我上了初中后才有的，小弟弟出生后，父亲对我们几兄妹仍然同样疼爱。小时候，我们如果不听话或耍小性子，父亲就会一把抱起我们放在门外，然后把门关上，就是母亲说情也不行，不闹了才能进屋吃饭。但对于正当合理的要求，他从来都是理解和支持的，如果我们在外面受了什么委屈，父亲也总是尽力安慰我们……这一切让我们感受到父亲的爱像涓涓细流，不动声色，温柔了我们童年的时光。

在我的记忆中，父亲的身影只能用忙碌来形容，他的生活可以用节俭来概括。他从不在自己身上乱花钱，对吃穿从不挑拣。无论母亲做什么饭，他从不说什么，只一声不吭地吃，吃完稍坐一会儿又去地里。我们长大后，有了心事常常会和母亲讲，父亲一般都静静地坐在不远处，有时候还闭着眼睛，像什么都不知道，更像什么都明白一样。但他从不说什么，好像认为那都是小事，一会儿就过去了。他心里只有庄稼、只有农事，只有那些忙不完的活儿。

有时，父亲也去外面打工，每次回来都会带点儿小玩意给我们，有香香的瓜子，甜甜的糖果，松软的面包等，反正都是我没吃过的食物。那时的我每天都会盼着父亲回来，一到傍晚我就坐在门槛上，直到看到披着夕阳的健壮身影。我会冲上去抱着他的腿问东问西的，然后父亲会抱起我摸摸我的头，用他那硬得像刷子一样的胡楂扎我的小脸。有时父亲刚回来就又要走，我便问他："爸爸，你为什么又要出去啊，在家陪陪我们多好。"父亲不说话只是在那儿抽烟。

父亲总是默默地做着事，像一头勤劳的老牛。每天起早贪黑，却从没看他抱怨过生活的艰辛。父亲心里好像没有恨，他不会计较别人的过失，我也没有见过他和别人红过脸。有时农村里也有争田边地角的事，我家的田边也有被相邻的人侵占的现象，母亲又着急又生气，叫父亲去和他们理论，父亲总是不在意，说少一点又有什么关系，有些东西是争不来的。我以为父亲是软弱、老实，怕惹事，经历了一些事后，我才明白了父亲的心胸和处事态度。虽然损失了一点小利益，父亲却赢得了很多人的尊重，坚持着宽容待人的准则。

我在县城工作后，父亲也时常来县城看我，可他总是上午来下午就回去，谁都劝不住。每次他都给我背些地里种的青菜、土豆、红苕等，可他走时却什么也不要。每次我送他去汽车站等车的时候，我都仔细地问父亲身上是否有零钱，还叮嘱他车到镇上后，一定要坐中巴车到村口，可他每次为了节省钱，都是走十多里路回家。如今，他很少来县城了，说他行动没以前方便，只有我抽空回去看他了。

每次我回乡下老家，父亲似乎早知道我要回来似的，把屋里扫得干干净净，被子也重新换了，像迎接客人一样。一到家后，父亲就去灶屋里给我做吃的，哪怕我还不饿，他也要做一些，不是鸡蛋就是面，我只能硬撑着吃，父亲坐在桌边笑呵呵地看着我吃。我知道，父亲在做饭之前，用水把灶头和碗筷洗了又洗，生怕有灰尘没洗干净。其实洗刷的时间比做饭的时间都长。

父亲老了，人瘦了，头发也白了。在秋日的暖阳下，白发特别耀眼。也许是人老了的缘故吧，父亲的话也多了。我们有个伤风感冒，他都细致地询问，端水拿药，还会唠叨唠叨生活上的琐碎小事，反反复复地讲他对如今老年生活的满意。有时候我们给他买衣服，他嘴上说："不要，不要。"但他穿上后却特别高兴，像个孩子似的。

他嘴里时时念叨，说有我们几兄妹，他吃穿也不愁了，平时有点零花钱，这样的日子他感到非常的幸福……

一直以来，我们都只会索取父亲的关爱，却从来不曾想到父亲也会老。习惯了心安理得地享受着父亲的爱，习惯了在这份深沉厚重的爱里被滋润着，却忽视了时光早已将父亲健壮的身躯压弯，岁月早已将一抹苍老刻于父亲的额头。

一次，我回到老家，看见父亲在院子里走动。父亲是闲不住的，不出门的时候，家里的所有物件都要一一摆到位。院坝边的一些花草，也被父亲照料得很好，个个使劲地生长着。我突然听到父亲沙沙的脚步声，脚和地摩擦着，顿时一股酸楚涌上心头，眼眶湿润。父亲的背弯曲了，连那口本来洁白坚硬的牙齿也松动了，就这样看着父亲一天天老去，我心里很不乐意，又无能为力。

吃过晚饭后，父亲坐下来和我不停地说话。他的话好像特别的多，而且说话时就像一个小孩子，对什么都好奇，哪怕是村里司空见惯的一点小事，他也会说得十分生动。言语间充满了慈爱，是父亲对子女深沉的爱……我以前跟父亲的交流不多，像天下大多数父亲一样，他对儿女的爱是沉默安静的。有很多生活中的小事，如果不刻意回忆，很难让人留意。然而，当我回忆那一件件小事的时候，才发现那些藏在细节里的父爱。

第二天我回县城时，父亲送我到公路边。他瘦长的身子弯曲着，走路一颤一颤的。车子驶离后，他仍站在那儿望着远去的我，我也望着父亲渐渐模糊的身影，鼻子一酸，眼泪就流下来了。我走了，留给他的又是孤独、又是盼望、又是等待……

清明忆母亲

又到清明节，我感觉到天空中下着的雨是凄凄的、寂寂的，更是忧伤的。因为这个清明，我想起了母亲，无比悲痛。

雨细细的，飘在烟青色的天空里，飘在清明时节的路上，飘在祭奠人的心上。沿路前行，雨打湿了归乡的路，打湿了回乡的心，打湿了记忆，打湿了清明荒凉的坟头。虽然，母亲离我而去了，不管怎么呼喊，也唤不回了，但母亲的音容笑貌，仍深深地刻在我的记忆中。

母亲去世两年了，我来到母亲的坟前，仿佛不相信这是真的。勤劳善良、和蔼可亲的母亲离我而去了。在这竹林掩映、树木成荫的山坡上，眼前是一座新坟，里面躺着的是我的母亲。才两年时间，坟上已长出草。此时，雨淅淅沥沥的，汇成了一条思念的河。我的眼前又出现了关于母亲的一幕幕难忘的往事……

母亲不是大家闺秀，只是一个普普通通的农村妇女。听母亲说，她从小就跟着自己的母亲编织竹席，上坡砍柴，帮着干农活，生活的重担早早地压在她身上，但她天真乐观、爱唱爱跳，还当过村宣传队的演员呢。自从我出生后，母亲就不再去宣传队了，一心一意照顾我和干家务活，成了一个十足的家庭妇女，用她那双勤劳的手支撑着这个家。

我记不清在我出生后，母亲是怎样牵着我的手让我迈开人生的第一步，也不记得母亲的手是什么样子。但我可以想象那时母亲的手，肯定跟许多母亲的手一样，细滑、嫩白、温暖。当母亲批着火红的晚霞回到家时，我扑进她的怀抱中。在乡村的屋檐下有母亲的呵护，那是我一生中最快乐、最幸福的时光。

然而，我不相信，这么一位乐观坚强的母亲，怎么会离我们而去？我不相信，勤劳惯了的母亲，就是过年过节都舍不得休息一天，她怎么舍得放下手中的活，破天荒地歇一歇呢？我更不相信，从小到大，一直用爱呵护着我们的母亲，怎么忍心扔下我们，就走了呢？在我的记忆中，母亲一直都在忙碌，用她忙碌的身影为我们编织着幸福温馨的家！

我站立在母亲的坟前，风从我的耳旁掠过，我感觉到一丝寒意，母亲坟前的小树在摇晃，树叶上一滴滴晶莹的雨滴随之滴落脚下，像是在无声地哭泣，让我声泪俱下。我不相信，这荒凉的山，丛生的杂草，怎能淹没母亲坚强的身影？我仿佛又回到了童年，母亲为我编织美好的梦想。我似乎又回到了母亲身边，那茅舍、小巷里，小溪、古树旁，依然有着母亲的身影；那田头、路边、墙脚、晒谷场，依然响起母亲的笑声……

回想起儿时那熟悉的小村庄，熟悉的小院落。我放学回家，兴冲冲地推开虚掩的院门，高声喊着："娘，我放学了。"母亲总是微笑着回应我。只要听见了母亲的声音，我心里就踏实了，因为有母亲的家才温暖。母亲除了和父亲在地里干农活，回家后还要煮饭。只听得"当当当"的一阵切菜声后，不管是萝卜还是土豆都切得细细的，粗细一致。母亲在河边洗衣服时，双手拿着捣衣棒不停地捶打衣服，再把衣服拿到水里搓来搓去，远远看去动作十分优美，也很有节奏，在她三捣两搓下，衣服就洗得干干净净。

记得有一次，顽皮的我与小伙伴爬到树上玩，我不小心从高高的树上摔了下来，当时就昏了过去。村卫生所的医生发现我摔得很严重，建议立即送往镇卫生院。父母又赶忙把我送镇卫生院医治，医生说病情严重，他也尽力了，能不能活过来就看我的造化了。母亲守在我的病床边，用她那双充满爱的手，紧紧地拉着我的手，一声一声地呼唤着我的名字，后来我真的奇迹般地活了过来。后来，我常想：也许就是母亲的这双手，把我从死神的手中拉了回来。

母亲老了以后，依然在老家生活。勤劳惯了的她，仍舍不得她的活，总是在家里忙来忙去，一会儿去地里割猪草，一会儿去坡上砍柴，一会儿洗衣煮饭……我每次回家，母亲总是十分亲切地拉着我的手，问这问那，我总是耐心地把高兴的事告诉母亲，有时也把不开心的事一一讲给母亲听。高兴的事母亲听了为我高兴，不开心的事母亲听后总是耐心地开导我。吃饭时，母亲总是用她隐隐发抖的手给我夹菜。我吃着母亲为我夹的菜，感到特别的香。晚上我睡觉时，母亲仍旧像小时候一样给我盖上被子。有母亲在的家才像个家，回家有娘叫，才有一种幸福感。

山上青草路漫漫，丘上荒冢草萋萋。我仿佛看见母亲那熟悉的身影在薄雾里，在那年久失修的老屋里，仍忙碌着给我们做饭。老屋很老了，摇曳在风雨里，尽显沧桑，可因为有母亲的身影，依然温馨。记得儿时，母亲怕我去村外大坝里玩水，一会儿看不见我的身影就会在村头呼唤我的乳名，那时候我淘气顽皮，总是装着听不见，常常在母亲的声声呼唤里，撒腿就跑，约着小伙伴们一溜烟就钻到那边的桃林里了……

"清明时节雨纷纷，路上行人欲断魂。"润湿的泥土沾满田野的芬芳，也沾满那些既心酸又开心的陈年往事。哭着笑着，感谢母亲给予我们生命、给予我们爱。我久久地伫立在母亲的坟前，母亲生前的点点滴滴仍历历在目。清明的雨是那么伤感、那么涩。雨水模糊了我的视线，淋湿了我对母亲的思念……

乳名·笔名

1

乳名，是一个与生命同生，被乡情泡得浓浓的，时时散发着泥土味的名字。

在故乡，每一个孩子出生时，父母都要给他们取一个乳名，如猪娃、狗娃、牛娃什么的。从此，这个乳名就一直被父母叫着，被乡邻叫着。这个乳名，如同一粒种子，深深地播种在那片泥土里。

记得我刚出生时，父母就给我取了个乳名。因为父亲比其他人的思想要开放一些，便给我取了个"云娃"的乳名。寓意像云一样自由。后来我上学了，父母又给我取了个学名，学名只有在学校里的老师、同学叫。出了校门，都叫我的乳名。父亲偶尔叫一下我的学名，也觉得不顺口，而我听了也不习惯。

随着岁月的流逝，我已过而立之年，可我每次回家只要一进村口，便有乡亲热情招呼我："云娃，你今天回家来呀！""云娃，来坐坐，喝口茶吧！""云娃，你还认得我吗，小时候我还抱过你呢！"……

随后，乡亲们又是端板凳，又是拿烟，又是泡茶，让本来有事的我也只好坐下来与他们聊聊天。从庄稼的长势到今年的收成，从小时候的故事到新近发生的事情，从党的惠农政策到已经召开的党中央会议精神……这些看似平常的话题，在那浓浓的乡音中，仿佛变得生动、形象起来。

最初，回家有人叫我的乳名时还有些不习惯，我也努力地给乡邻们说我的学名，可他们老是记不住，即使偶尔叫一声我的学名，也是那么生硬、那么别扭。后来有些有点学识的乡邻干脆就在乳名前加上姓，再把后面的"娃"去掉，叫"张云"。这样叫，听起来虽不那么土了，但还是离不开"云"字，仍像是在叫我的乳名，我笑笑，算了。我也懒得给他们解释了，他们爱怎么叫就怎么叫吧。我也慢慢地习惯了他们叫我的乳名"云娃"。

有时，乡亲们进城来，在找不到我的住处时，便来单位找我，他们不知道我的学名，就只能在单位问："云娃在不在？"全单位的人都说不知道。当我回来后说云娃就是我时，惹得全单位的人都笑话我。回家时，乡亲们还十分认真地问道："云娃，你不在那个单位上班吗？我们去问，怎么说没这个人？"我笑了，同时也说出了我的学名。可他们下次来城里找我时，依旧这样问："云娃在不在？"每当我知道后，就知道是家乡的人进城了，便跑去找他们。如他们有事时我就尽力帮，没事时就请他们去我家里坐坐，聊聊天。也许就是这个乳名，把我与家乡人那种难得的乡情紧紧地系在一起了。

如今，我已在城里工作和生活了多年，但我常会想起我的乳名，因为我的乳名如一粒种子已深深地融入了故乡那片厚重的泥土中，被朴素的乡风吹着、被美丽的阳光照着、被浓浓的乡情泡着……每次回家，我听见乡亲们叫我的乳名，从他们那不加任何修饰、不带任何利益的叫声中，我找回了一种久违的归属感；也找回了一个被故乡储存完好的，跟乳名一样永远不变色、不变味的自己；更像回到了那个属于我的温馨的心灵家园。

乳名，一个被乡情泡得浓浓的，永远散发着泥土味的名字！

2

记得我乳名的人，一定是家乡的人；叫我笔名的人，就是真正的文友。

20世纪80年代，我高中毕业没考上大学，在家一边干活一边写诗，还为自己取了一个笔名叫"小路"。也许是因为生活在乡下，每天面对的就是弯弯曲曲的小路；或者是想通过写诗来改变命运，但知道通往梦想的路，肯定是一条崎岖的小路而不是一条大道。不管当时出于何意，但就是给自己取了"小路"这个笔名。取好笔名后，每次投稿就用这个笔名。

作家几乎都有一个或多个笔名。笔名，可以反映出一个人的理想、志趣和文化修养。

让我难忘的是，我的第一首诗《攀登》，以"小路"的笔名发表在县文化馆主办的《宝顶山》文学报。这个笔名连同诗第一次变成铅字印在了报刊上，让我兴奋了好几天。从此，凡有诗在报刊上发表，署名都是"小路"。这个笔名就像一盏灯，照亮我多少个因为写作而失眠的夜；就像一瓶酒，陪伴了我孤独寂寞的日子。与我交往的文友们，也叫我的笔名"小路"。笔名"小路"在很大程度上代替了我的本名，与我的诗联系在一起、与我的梦想联系在一起。

每次投稿我也会在稿子后面写上原名，可报刊发表作品后寄稿费来，却仍用"小路"这个名字。只是当时好像还没严格要求要用身份证取稿费，有时只要去队上盖个章就能取，有时就是盖了章邮局的工作人员也不给取的。为了取稿费还要给人家好一番解释，也想过不再用这个笔名了。可"小路"这个笔名就像我的乳名一样，一旦用了就难以割舍。因为这个笔名中蕴含着我的梦想与憧憬，伴我度过了许多平凡而充实的日子。

后来，我外出闯荡，这个散发出乡土气息的笔名，在城市里就像一朵山野小花，时时散发出跟故乡泥土一样的芳香。我也结交了一帮因为追梦而漂泊在外的文友。那时我一边打工一边写诗，署名几乎都用"小路"这个笔名。仿佛觉得出了大山，离梦想就近了，小路似乎能走成"大路"了，家乡的文友以为我真的有很大的发展了，对我充满羡慕。一位写诗的文友还写了一首诗《小路》，其中一句写道："没有小路，哪有攀登者对大山的向往……"在外的日子，我虽然在报刊上发表了很多首诗，但梦想毕竟是梦想，现实却是残酷的，最后带着失望而归。

尽管这样，我的笔名就像我的乳名一样，从故乡带走又完好无损地带回故乡。回到故乡，文友见面仍亲切地叫我"小路"。后来，我的工作越来越忙碌，很少写诗了，"小路"这个笔名就像诗一样，慢慢地离我远去，也渐渐地让人遗忘。

多年前，我来到一个文化单位上班，为单位写公文。因为忘不了写作，仍偶尔写点文章。还用我以前用的笔名"小路"。

我的来往信件必须经过单位收发室的两位师傅的手，我特别告诉他们，那些署名"小路"的信件，就是我的，还让他们替我保守秘密。两位师傅都是退休职工，有些文字功底，喜欢看书读报，对我的做法很理解。每次有我的来信都悄悄打电话给我，要是一时联系不到我就专门放在一个空抽屉里等我来拿。我用"小路"这个笔名发表文章，还是被单位领导知道了，领导觉得我的文章写得不错，还在同事面前夸奖我。

已经有好多年没用这个笔名了，没想到仍有人叫我"小路"。只要一听到有人叫我的笔名，就感到十分亲切，仿佛又回到了那个为写作而痴狂、为追求文学梦而执着的过去，仿佛找到了心中的那份安定、那份美好。

散步

我喜欢散步。一个人走走停停，十分惬意。

散步还是小时候形成的一种习惯，在太阳落山的时候，总要跟着父亲去地里转转。干了一天活的父亲似乎还不觉得累，总是十分精神地到地里，看看蔬菜的长势，听听庄稼的拔节声，他把这种方式叫作"散步"。

当时我还小，哪里懂得父亲的这份心思，更不理解他对土地的那份痴情，我只顾着去欣赏田野的风景。乡间的田埂纵横交错，向远方延伸着，田埂的两旁长满了绿油油的小草。小草抽出嫩嫩的芽儿，显得生机勃勃。青草丛中，点缀着许多五颜六色的野花，一朵朵美丽可爱。

路两旁是高大挺拔的树，树干黄白相间。树叶虽不比盛夏时浓绿葱郁，但翠绿透明的叶子被阳光照射后，颇有几分楚楚动人之意。漫步其间，纤长的枝条，为我撑起一片天空。放眼望去，田地被分成一块一块的，就像一望无际的大草原。微风吹来，碧绿的麦苗轻轻地摆动，微笑着向我点头，柔嫩的绿色让人心醉。

不管是早上或是黄昏，只要父亲有空，就带着我去地里，从田埂上转到山上，再从山上转回地里，要绕很大一个圈，几乎所有的田他都要去看。有时他也扛着锄头，我不明白，他又不是去干活，带着锄头干什么，父亲总是嘿嘿一笑，说："地是用锄头种出来的，带上锄头才像个种地的人嘛。"我听不懂父亲的话，只跟着他走，一路上闻着草香花香，听着鸟鸣，倒也十分开心。

工作后，我总在晚饭后到街上散步。说是散步，也就是走走，透透气。暮色中的县城华灯初上，一派繁荣景象。偶有昏暗之处，点点灯光洒落在树影下，仿佛天上的星星。

报思路是这座小县城最敞亮的地方，也是当地最早规划的道路之一，无论主道还是辅道都不比大城市的道路逊色。路宽人少，路上时有车辆驶过，瞬间就消失在茫茫的夜色之中。十字口是最热闹的地方，一到夜晚，大排档一家挨一家。讨价声、喇叭声、叫卖声汇集在一起，给这个小县城平添了几份喧闹，让平静的夜晚热闹了许多。海棠公园，是人们晚饭后常去的地方，男男女女，老老少少，三三两两地结伴前往。或唱歌跳舞，或锻炼，或闲聊，皆悠闲自在地享受着生活。

有时，我也到步行街散步，步行街上卖什么的都有，我什么也不买，什么也不卖，就是散步，看看满大街流动的色彩。站到高高的台阶上，一眼望去，满大街的花花绿绿，红的红得鲜艳，绿的绿得鲜嫩，黄的黄得炫目，蓝的蓝得耀眼，白的白得纯粹……这些色彩在街上缓缓地移动，像一条河流在流动。在这条步行街，无论男女，他们的脸上都挂着灿烂的笑容。

看累了，走累了，那就在街心的长椅上坐下，闭上眼睛，静下心来，听听大街上生命的交响曲。那边商店里是快乐的女声，正在播报着广告。远处的舞台上，正有一男一女在深情地对唱。这边的角落里，一对情侣在喁喁细语。当然，这是心情好的时候才有的感受。有时因单位事多或者生活不顺心时，我就不来这条步行街散步了，而是独自去一条僻静的路上走走。一个人时，什么都可以想，也什么都可以不想。走了好一阵，夜渐渐深了，喧闹了一天的小城慢慢地平静了下来，人们渐渐地进入了梦乡，小城宁静了，沉睡了。

让我难忘的是在县城遇到了一位心爱的姑娘。记得那是一个雨夜，细细的雨仿佛是从李清照的《声声慢·寻寻觅觅》中飘来的，女孩陪我散步，我们打着伞，漫步雨中，一串串雨珠在霓虹灯下变成五彩的水晶链，悬挂在夜空。思绪随着雨丝神游，我对她的感情突然在那个雨夜变得愈加浓烈。其实看似第一次见她，却不知我在梦里与她相见了多少次，而且还有许多我想象中的浪漫细节……

在这样一个难得的雨夜，我将沉寂好久的心放逐，让自己在雨水的洗礼中慢慢地领悟生命的本真，享受这远离喧闹的美好时刻。雨点犹如跳动的精灵，拨动了我和她隐藏很深的心弦。

从此，我们经常在一起散步，仿佛这座小县城因有了她而处处都是风景。而县城的每一条路都像一根线，串起我们美好的记忆。如今，她已离开这座小城，到很远的另一座城市生活。每晚，我依旧漫步在我们曾经走过的地方，寻找曾经的点点滴滴……

又是一个初春，我回到乡下，已经老了的父亲仍陪着我去田地散步。我又像小时候一样，跟在父亲身后，只是父亲老了，他走路慢了，佝偻着身体，不再扛着锄头，而是挂着一根木棍。

此时，一大片一大片黄澄澄的油菜花绽放着，散发出阵阵清香，引得成群的蝴蝶在金黄的油菜花丛中翩翩飞舞。农家小院里梨树上开着雪白的梨花，在春风的吹拂下，飞舞着。

乡间的树穿着绿装。春风吹过，柳丝儿在水面上摆动，撩拨得水儿春心荡漾，涟漪阵阵。乡间的水潺潺地流动着，清澈的小河被一层轻纱般的薄雾笼罩着。透过轻纱，看到小鱼在水里快活地游来游去。桥边，几位洗衣服的女子的身影倒映在水中，人动影动，微波荡漾。

　　我和父亲在田边走着，看看花花草草，闻闻泥土的味道。乡下的空气是那么新鲜，乡下的天空是那么湛蓝，乡下的春色是那么多彩，乡下的春天是那么动人，乡下的春景是那么夺目！

搬家记

　　我共搬了4次家，从没有家到最后一次搬家，每一次都在朝着富裕美好的生活迈进。

　　新中国成立那年，一直在地主家做长工的祖父，分得了土地和两间房屋。那座房子是地主家的，是个四合院。房子整体为穿斗式构架，正面是正房，两边是厢房，院落中间有天井。

　　祖父与其他几户人家分别分得了两间房，虽说不宽敞，但从没有房到有了属于自己的房子，这让我祖父高兴不已。他从地主家的长工变成了土地的主人后，更加勤劳苦干，后来娶了奶奶，终于有了个家。从此，祖父祖母便在这两间老屋里生儿育女，靠着勤劳的双手创造幸福的生活，把家里打理得井井有条，小日子过得有滋有味。

　　后来，父亲几兄妹渐渐长大，这两间房屋住不下那么多人了，祖父便在房屋边修了几间土墙屋。在当时，就连吃饭都困难，修房子只能就地取材，墙是土做的，房上盖的是稻草。这样的房子虽然能够住人，但下大雨时房子总要漏雨。尽管这样，在那个年代，这几间土墙屋已花了祖父大半辈子的积蓄，也算祖父祖母最大的家业。

小屋里总是充满着欢乐的笑声，充满着来之不易的幸福与温馨。

　　从我记事的时候，这房子已成了破旧的老屋了。老屋前的那株枣树有一根横向的树枝，一直伸到老屋的屋顶上，一串串的枣儿压弯了树枝，爬到屋顶上伸手就能够到。每年一到临近麦收的季节，那枣树便开满了密密匝匝的米黄色的枣花，院子里从早到晚都飘着阵阵清香。枣花的香气很特别，引得成群的蜜蜂一天到晚围着枣树嗡嗡嘤嘤地忙个不停，给这座僻静的旧宅院增添了不少生机，也给我的童年增添了无穷的乐趣。

　　第二次搬家是20世纪80年代，那是土地刚刚承包到户后。父亲整天在田里辛勤劳作，并对自己承包的土地重新进行了一番规划，该种水稻的种水稻，该种玉米的种玉米……头一年，地里的庄稼就喜获丰收，解决了全家人的吃饭问题。第二年，听说种药材白芷能挣钱，可全村人怕种出的白芷卖不了钱，而地里的粮食也没种上，不就白费了功夫。可父亲胆大，他用大部分地种白芷。那年风调雨顺，父亲种的白芷大获丰收，也卖了个好价钱。一家人的温饱解决了，有了粮食，种白芷又赚了这么多钱。父亲看见别人家的房子大都变了样，而自家的房子仍是破旧的茅草房，便开始琢磨着修房子的事了。他想该修一下房子了，说什么也不能再住在这样破旧的房子里了。接下来便是确定房子的地址了，母亲说："房子还是修在半山腰吧，草地多，好放牛放羊嘛！"父亲坚决不同意，他说："房子应搬到山下我们承包的地旁，这样出门就可以在地里干活了！"经过商量，最终决定在山下的承包地旁修建几间砖瓦房。

　　可当时村里没砖瓦工厂，修房子得请砖瓦匠来家里做砖瓦。父亲便请来村里的两个砖瓦匠。砖瓦坯子做好后，得放在院坝晒干。遇上下雨天，全家出动，得把那些砖瓦搬到能挡雨的地方。这么多砖瓦搬来搬去多费力，可全家人想着马上要住新房子了，再累也觉得值。砖瓦坯子干了后，得请砖瓦匠来烧。烧窑是最麻烦的事，一般选在大热天，因天气热可以少烧柴。几天下来，全家几年节省下来的柴草几乎全烧完了，而且在大热天守着烧窑，热得汗流浃背不说，人也被烤得黝黑黝黑的。

一切准备好之后，就得请人修房子。石匠、木匠，还有帮忙的，一大帮匠人修了一个多月，几间砖瓦房才修好。虽然花了钱又费了力，但全家人看着刚修的新房，还是十分高兴。由于新房在山脚下，不但空气清新，还冬暖夏凉。每到夏夜，院坝便成为我们晚间纳凉的去处。铺一张草席在坝子里，躺在上边数星星，听大人们讲牛郎织女的故事。这故事不知道讲过多少遍，但我们却百听不厌。乡村的夏夜，总是那样安详而宁静，大人们讲过多少美丽的传说，给孩子们留下多少个童年的梦……

第三次搬家是20世纪90年代，农村发生了很大的变化。村里的那条土路变成了一条宽阔平坦的乡村公路，乡亲们买化肥、卖肥猪、卖粮食都用车拉，赶集的人几乎都是坐车去。而我家离公路较远，买化肥时用车运到公路边后，还得全家出动，挑的挑，抬的抬，要忙活好一阵呢！如果卖肥猪还得请人抬到公路旁才能用车拉，很麻烦。要是下雨天去赶个集或走亲戚，还得先走一段泥泞的土路，才能到村里的公路边，每次都溅得满身泥……这下，父亲又暗暗下定决心："我一定要把房子搬到公路边！"

可母亲却舍不得那修起来还没住几年的砖瓦房，说什么也不愿意再修房子。凡家里来个客人什么的，都是母亲煮饭炒菜，得忙上大半天。更不说修房子了，这么大一个工程，前后得干一两个月。不说其他的，就是天天给这多人做饭，就够母亲忙的。可父亲是个要强的人，经过父亲多次做工作，母亲终于同意再修房子了。

现在修房子，只要有钱就行了，村里有了砖瓦厂和预制板厂，不再像以前要请人烧砖瓦，而且交通又方便，只要付了钱，砖瓦和预制板直接就送来了。父母凑足了修房子的钱后，便把修房子的工程全部承包给村里的一些匠人。这下轻松多了，不像以前要管一日三餐，还要送茶送水买烟买酒招待匠人，让母亲大大松了口气。

两个月后，楼房修好了，我家就择了个吉日搬去公路边修得十分漂亮的楼房里了。这下我们出门更方便了，不管是晴天还是雨天，都一身干干净净地出去，又一身干干净净地回来，多好呀！不久，父亲在楼下开了一个小商店，为我们家又找到了一条致富门路。后来，我们家陆续添置了新式家具，还买了彩电和音响。农闲或者心情好时，父亲喜欢用他那粗犷豪放的声音吼几句："我家住在黄土高坡，大风从坡上刮过，不管是西北风，还是东南风，都是我的歌我的歌……"

第四次搬家是在前几年。进城打工多年的我，终于在城里买了一套房子，100多平方米，三个朝南的房间，一个大客厅……刚买好，一家人就兴高采烈地讨论起装修，正在上高中的女儿要贴好看的墙纸，要装气派的吊灯；老婆要铺实木地板，打橱柜；我要一间书房，还要配电脑……全家人都沉浸在喜悦中。这次搬家最满意的是女儿，她觉得终于在县城有了一个家，也可以像县城里的其他同学一样，一出校门就可以到家了……

县城虽然不大，但这里的教育、医疗、娱乐设施日渐完善。街区越来越热闹，道路越来越宽敞。初到县城，父母就被县城的景色深深地吸引了。县城的白天看不出有什么特别的地方，可晚上却非常热闹，跳的、唱的、舞的，逛街的、散步的、遛狗的，聊天的、下棋的、说笑的，到处都是熙熙攘攘的人群，人们一副怡然自得、悠闲自在的样子。

我们一家从乡下搬进城里后，享受着团圆、幸福的生活。

○

第二辑

初心如磐

夕阳西下，我们高高兴兴地走在回家的路上。山村被夕阳映照得很美，丛林里鸟儿的叫声更欢，田野里、乡间小路上，都散发着甜美的青春味道。

追梦路上

1

当作家是我小时候的梦想，这梦想像春天的太阳一样，照耀着我的人生。

我生长在农村，与泥土庄稼、大山大树为伴，身上总是沾满泥土的味道，但心中却向往着远方。天生好思考的我，没事时总是一个人静静地望着天空，天空总是很蓝很蓝，蓝得让人充满幻想；有时我在阳光下发呆，阳光照得大地暖暖的、柔柔的，像诗一样美；偶尔走在绿色的原野上，感觉到空气里到处都弥漫着淡淡的花香和草香，鸟儿永远唱着欢快的歌，夕阳西下时，天上红霞朵朵，儿时的世界真是让人沉醉。

生活在这样一个美丽而孤独的乡村，我放学后除了放牛割草外，就是读父亲不知从哪里弄来的那些被翻得很破旧的《西游记》《水浒传》等书。父亲没有多少文化，但他爱看书。我虽然看不懂，但也喜欢看，觉得书中那浓郁的墨香很醉人。我曾有许多梦想，长大后要当科学家、当医生、当老师，还有就是当作家……有了这些梦想，童年生活就像五彩缤纷的花朵，时时散发出一阵阵清香。

记得有一天，老师给我们讲语文课文《半夜鸡叫》，讲高玉宝创作自传体小说的故事。她讲得那么仔细、那么投入，时不时用手理一理散落下来的头发，脸上焕发着青春的气息，情绪激昂。那情景，给我留下了深刻的印象。高玉宝不识几个字，好多字都是他一点儿一点儿学习的。他在写这部书的时候，有好多字不会写，就用自己的想象，把图形画出来，致使最后完成的书稿，成了图形加文字的"天书"。从此，我就慢慢地做起作家梦来。

因为作家梦，让我不但偏爱语文课，还从同学那儿借来一些书读，如《钢铁是怎样炼成的》《第二次握手》《席慕蓉诗选》《艾青诗选》等。我不但在课间读，有时上课时也偷偷地读；每天放学回家，也是书不离手，真是读得如醉如痴。每次去上学也好，放学回家也好，看见小路两旁茁壮成长的庄稼，听到树上小鸟欢快的叫声，自己心里装下了满满的喜悦和向往。想着想着，觉得眼前的路，是那么舒展、那么顺眼、那么悠长，就像席慕蓉的诗那么抒情，更像课本上的散文那么优美。

从那时起，我心中的作家就像电影明星一样，穿着时髦，满腹经纶，形象气质与常人不一样，走到哪儿都会受到人们的尊敬。我梦想成为朱自清、杨朔那样的作家，利用我对生活的深刻感悟，用自己细腻的笔触，创作出像《背影》《香山红叶》那样感情浓郁又语言清新的名篇佳作；我也梦想成为路遥、陈忠实那样的作家，创作出像《人生》《白鹿原》那样让人心灵震颤又催人奋进的传世之作；更梦想成为三毛那样的作家，创作出像《梦里花落知多少》《温柔的夜》那样清新淡雅、平静舒缓、如行云流水般自然流畅的作品，更想像她那样淡泊从容，洒脱随性，却不染一丝微尘的心境……

2

　　我渴望成为作家，更想在老师和同学面前展示一下自己，我就在一本书上随便抄了一篇文章当成自己写的作文交了上去，当老师改作文时看见我那篇文章后，还当着全班同学表扬我，说我文章写得如何如何的好，是个当作家的人才。当时我还十分庆幸，以为老师没读过那本书才被我蒙骗过关。有一次我去老师的办公室交作业本，却看见那本书放在老师的办公桌上，我当时就明白了老师为什么没有批评我反而还表扬了我。自那以后，我就再也不敢抄了，发誓一定要认真写，哪怕写出的文章不像文章，也要老老实实地写。也不管我写得好与不好，老师都耐心地帮我修改，而且还时时鼓励我。

　　老师说，许多古今中外的名人都是靠自己的努力成功的。高尔基等许多大作家都没上过大学，却通过自身的努力写出了如《母亲》这样的好作品。听了老师一番鼓励的话，更增添了我写作的信心。真是功夫不负有心人，有一次我的作文真被老师当范文在全班同学面前读，我便飘飘然起来，仿佛我真成了作家。那时，学校还订了《中国少年报》《红岩少年报》等，学校老师为了提高大家的写作能力，号召我们写稿。我当然用尽了力气，绞尽了脑汁，为那心中的梦想而努力着、兴奋着。结果可想而知——全校学生的稿件一篇都没有发表。现在想来，那时候，老师不过是鼓励我们这些孩子写作而已。由于我对写作的热爱，有时在烧火煮饭时，也偷偷地读诗歌、小说；在山坡放牛割草时，也拿出身上早已准备好的纸和笔，偷偷地写起来，有时被父亲看见，常因活儿没干，轻则挨骂重则挨打。因此，我的语文成绩在班上始终名列前茅，而数理化成绩却一落千丈，所以我高中毕业没考上大学。

3

没考上大学，我只能回家跟父亲一起干活。但作为一名文学爱好者，我始终难以忘记写作。有时，在坡上挖土，只要灵感一来，就放下锄头写起来。有时晚上我也看书或写作到深夜，常被母亲唠叨：如我继续这样下去，不但成书呆子，家里更供不起买油的钱了。为了节约油钱，天一黑我就像父母一样上床睡觉，可我却翻来覆去睡不着。于是，我偷偷地买了一只手电筒，时常在父母睡着了后，躲在被窝里偷偷看书或写作。

我梦想有一天通过写作走出去，去实现我的梦想。不管白天干活再累，晚上就是打着哈欠我也坐在床上看书，读唐诗宋词，读朱自清的散文，读艾青的诗，读沈从文的小说……时常是左邻右舍的灯都已熄灭，我仍冥思苦想，或者奋笔疾书。虽时常遭到一些人的讥笑和挖苦，但我仍执着于创作。可是不管我怎么努力写，投出去的稿子几乎都石沉大海。一次又一次。我开始心灰意冷，深知自己不是当作家的料，但就是放不下手中的笔。

一次偶然的机会，我在镇文化站看到一张县文化馆主办的文学报《宝顶山》。我便将这张文学小报借回家，认真地读起来。上面的小说、散文、诗歌读起来格外的亲切，散发出清新的气息。那晚我十分欣喜，更加激动。我暗暗下定决心：一定要写一篇文章投去，争取在本县的文学报上发表。

那晚，我就带着兴奋、带着激动，更带着欢乐，写了一篇1000字的散文《八月》，写好后又修改，改好后又工工整整地抄好，刚好天亮。虽然熬了一夜很疲倦，眼睛也睁不开，但人却很兴奋。吃了早饭我就拿着稿子去镇上的邮局，把稿子邮寄出去了。大约两个月过去了，我收到县文化馆寄来的开会通知，通知我去县城参加全县半年一次的文学创作会。

会上，我看到在那期《宝顶山》文学小报上发表了我那篇散文《八月》，我认真地读了几遍，仿佛那字里行间散发出的墨香，格外的香，格外的迷人，因为这是我写的文章第一次变成铅字。就是在那次文学创作会上，我认识了县里的一些业余作者，还加入了县里的"野茅文学社"。文学社每月一次的活动我都会准时参加。文学社活动的地点每次都在县城，每次我都是骑自行车去。因为家住农村，只有一条乡村公路能到镇上，遇到下雨天只能光着脚将车推出乡村公路，到达县城后也光着脚，甚至满身泥，文友们戏称我说，这就是名副其实的"乡土作家"。

4

因为经常来县城，我认识了县文化馆的李正心老师。每次去他那儿送稿子，都要经过县文化馆那条清静且充满文化气息的小道。那条小道通往北山风景区，显得古朴而美丽，仿佛一年四季小道边都盛开着各种鲜花，那就是通往我梦想的路。

坐在李老师办公室向外望去，可以看到绿绿的树，显得办公室雅致而清静。办公室书柜里的书和随处堆放着的杂志报纸，让我羡慕。难怪李老师写了这么多书，是因为他读了这么多书，加之有这么好的环境。我当时想，要是有一天，我也能像李老师这样，坐在这里从事专业写作，该多好呀！仿佛那时的梦想就是能像李老师那样天天坐在这里读书写作。

这样整天在家写也不是办法，我想去县城，只要在县城，不管做什么，哪怕是蹬三轮车。我想通过县城文友帮忙租个三轮车，可我最后才知道，三轮车属于独家经营，押金1000多元，一天租金8至10元，不说我干不了那样重的活，就是那笔押金和租金也不知道从哪儿来。我只好放弃了这一想法，另找其他的事干。

后来，我跟着一个老乡到外地打工，心想凭自己会写的本事，少说也得做个管理什么的工作。真是天不如愿，不说做管理，就连一般的厂也进不去，我只能跟着这位老乡去建筑工地干活。在建筑工地干活十分辛苦，再苦再累的活也得干。我干了5个多月，一算账总共只有1600多元的工资，可老板当时说没钱，只发了200元的过年钱，剩下的一天拖一天。我们找老板要工钱时，老板跟我们玩猫捉老鼠的游戏，最后我根本没有拿到那余下的工钱。

那次我回老家，在县城与文友们喝酒。时值隆冬，外面的天气很冷，我脚上穿一双胶鞋还沾满了水泥，一双手也被水泥腐蚀得满是裂口……文友们见了我哪还有心情喝酒，都为我打工的艰辛而叹息。后来，我通过努力终于进了一家私人企业打工，虽然辛苦，但比起建筑工地，已经好得多。我每天只能在车间里听着轰轰的机器声，每天都机械地重复那几个动作，在枯燥而繁重的工作之余，我更渴望倾诉和表达。我便用我手中的笔写我打工的感受，写打工的艰辛，终于我写的稿子一篇一篇在报刊上发表。不久我就被聘到家乡的一家文化单位，这样更增添了我写作的信心。

以前，我是为了当作家的梦想去写作，而现在，写作似乎成了我的工作。当我饱尝了人生的酸甜苦辣后才知晓，人生的路本就曲折，不经风雨怎见彩虹？经过多年的努力，我已走出大山，像当年的李正心老师那样，主编县里一本文学杂志和一份文学报，辅导全县业余作者的文学创作。我成了作家，实现了我的作家梦。

昔日那些考上大学，如今已当上教师、公务员的同学，每当读到我新出版的书时，总是向我投来羡慕的目光，我也为终于实现了自己的梦想而自豪！

梦开始的地方

1

因为我对作家的敬仰，让我在心里埋下一粒种子：一定要当一名作家，写一部或者几部了不起的书。尽管打工收入少，活儿也累，但我还是去买了一些中外名著。那时，我主要写诗，当诗人也是我最大的梦想。我不但订阅了《诗刊》和《星星诗刊》，还去买了《艾青诗选》《李瑛诗选》《聂鲁达诗选》等，边读边写，写好后就投稿，可都石沉大海。

完全沉醉于诗歌创作中的我相信，只要坚持下去就能成为诗人。再苦再累也要坚持下来，为了心中那个梦想。记得有一次，我因为没钱打印稿子，找到滴翠文学社社长王新觉，他说："你有稿子直接拿去那个打印部打，钱由我们文学社来付。"

记得那天下着小雨，在细雨的笼罩下，远方的青山沉浸在烟雨中，山峦朦朦胧胧的，可我的心情却激动万分。我拿着打好的稿子，陶醉在细雨里。手中拿着的稿子像一粒种子，我期待着它发芽。我心想马上投寄出去，也许很快就能在报刊上发表。更是从心底感谢王老师。我就这样走在雨中，这是多么浪漫而充满诗意的感觉。

现在看来，打印稿子那点钱其实很少，可在当时对于每月只有几百元收入的我而言，却是一笔不小的开支。从此，我写好的稿子，就拿去镇上的打印部打，打好稿子后就寄出去，也渐渐地发表了一些文章。那天，沙坪坝区文化馆的领导来青木关考察滴翠文学社，王新觉社长把我也叫去了。当他们听说了我的情况，又看了我写的散文后，当即表示要在《金沙文化》杂志下期的"本土作家"栏目中推出我的作品。那次集中发了我的 6 篇散文，文后还有名家发表的评论，这让我在本地产生了一些影响，对我也是一种莫大的鼓励。

这使我的写作热情大增。在昏暗的租赁房里，我用沾满机油的手，将啤酒箱倒过来，搭上一块木板在上边写作。看着走火入魔"玩文学"的我，同在一起打工的妻子终于生气了，她撕掉了我刚刚写好的作品，吼道："尽写没用的东西干啥？别人去年开车床，今年都混成小老板了！"

可我却不甘心，难道我的文学梦就这样放弃了？与妻子吵架后，我跑去郭永明老师家里，他安慰我："你不能放弃，要坚持写下去，只有写了才能改变命运！"来自文学社文友的鼓励，几乎成了我走下去的全部动力。

不久，我的文章开始陆续出现在国内各种报刊上，还出版了一部散文集《漂泊情怀》。

2

青木关，因为有滴翠文学社而充满着诗意，因为我曾经在青木关打工而与青木关结缘。

是文学点亮了我的梦想。我在青木关打工的 3 年中，每天和摩托车配件打交道，工作要求必须精准，容不得一点大意和马虎。这种工作要求与文学的感悟想象、思绪的连贯性有着天壤之别。我常常困惑于两种思维的打架，也苦于如何坚持长篇幅文章的写作。有时候很痛苦，真想扔下手中的工作专门写作。还是郭永明老师善解人意，他常常安慰我："文学只是业余爱好，打工挣钱才能维持生计。"

随后，我又照样每天去上班，去干那些繁重且枯燥无味的活。好在我对文学的热爱已经深入骨髓，哪怕活儿再累、干活的时间再长，写作的时间还是能挤出来的。多数时候，我都带着希望和美好的文学梦想把稿子投出去，每天兴高采烈等着报刊的消息。有时收到样报，看见自己的文字变成了铅字，我第一时间兴奋地把这消息告诉滴翠文学社的文友，他们都为我高兴。

有时，上完中夜班回家已经深夜 12 点多，从厂里回租赁房要经过一片田野，虽然干了一天的活累了，但看着月光将田园照得这么美丽，诗一样的灵感又涌了出来。月色像流水一样慢慢地从天上直泻而下，通过薄云、穿过树林、绕开竹丛，缓缓地洒落在田野上、河面上，斑斑驳驳、星光点点，如同一幅漂亮而奇妙的水墨画……于是，回到家里，顾不得洗澡更顾不上吃饭，我马上就拿起笔，认真地写起来，直到这篇文章完成了才睡觉。

如今，我通过写作改变了人生，现在家乡的一个文化单位工作。记得在我离开青木关的那个晚上，社长王新觉和几个文友为我饯行。那晚在青木关的一家酒楼，我们喝酒聊天，大家都为我能回家乡的文化单位上班而高兴。

3

算算时间，我已经离开青木关快 20 年了。20 年弹指一挥间，世事变迁，而我仍守着当初的梦想，对文学的钟爱如初。我虽离开了青木关，但仍是滴翠文学社的会员。凡文学社有活动，我都尽力参加。

在这 20 年间，我曾一次又一次往返于大足和青木关。虽然两地隔得不算远，但坐车还需一定的时间。以前，去青木关只有一条老路，得经过铜梁、璧山，得坐 3 小时的车，所以每次滴翠文学社有活动，我都是提前一天去，晚上住在青木关的一家宾馆里，和滴翠文学社的文友们一起吃顿饭，再喝茶谈论文学到深夜。

现在，高速公路通了，去青木关参加滴翠文学社的活动更方便了，只要 40 分钟，几乎都是早上去下午回。记得前年，滴翠文学社组织去贵州凯里西江千户苗寨采风，文友们十分高兴地参与，回来后写了很多文章，《滴翠》也连发了几个专版。去年，滴翠文学社组织会员去涪陵大裂谷采风，让大家体验大裂谷的惊险刺激。今年，滴翠文学社组织会员去江津四面山采风，让大家感受四面山的自然风光……

每次组织采风，一路上大家不但可以放松身心，还可以寻找写作灵感。同一次采风，每个人写出的作品却不同，为什么别人写得这么好，而我却写得这么差？采风就是一次很好的学习机会。我在学习中成长，在文学社这种积极向上的浓厚氛围中，获得了文学创作的成就感。

在我的引领下，又有几位大足文友加入了滴翠文学社，滴翠文学社也在不断地壮大。滴翠文学社已经成立 35 年了，社员从最初的 42 名增加到现在的 200 多名，社员发表的文学作品，由最初的区县级报刊上升到《人民日报》《诗刊》《星星诗刊》《四川文学》《山东文学》等国家级和省级报刊，沙坪坝区人民政府在 1999 年，曾授予青木关"农民文学之乡"的称号。中央电视台、人民网、中国文化报社、重庆日报社、重庆晚报社等 20 多家新闻媒体，多次对滴翠文学社的创作活动、成果等进行宣传。特别是 2017 年 3 月 31 日，《人民日报》"记者调查"栏目整版推出题为《一个小镇文学社的坚守》

的文章，对滴翠文学社进行了深度报道，扩大了滴翠文学社在全国的影响力。

去年春天，我没事时专门跑去青木关，也没有惊动滴翠文学社的文友，独自去我以前的租赁房，那里已被改造成一个农家乐了。我泡上一杯茶，独坐窗前，看着眼前那些前来喝茶和游玩的人，心中回想着 20 年前在这里居住时的场景，还有在这租赁房里的写作时光。感慨万千，思绪翩跹。

我从当初单纯的写诗到写散文，再到现在长篇小说创作，我感恩青木关这片热土，感恩圆了我梦想的滴翠文学社，让我找到了诗意和远方，在文学的梦想里尽情地飞翔……

巴蜀情

1

巴蜀山水相连,同根同源。这片曾经孕育过李白、陈子昂、苏东坡、巴金等大文豪的土地,较好地延续了文学的传承。现在的巴蜀作家诗人辈出,让巴蜀大地充满着浓浓的文学气息,成为一个让我向往的地方。

在那个人人都想当诗人的20世纪80年代,诗人倍受追捧和崇拜。我作为热血沸腾的诗词爱好者,也做着诗人梦。有梦的生活是充实的、是快乐的,正如青春的梦,承载了我年少时的轻狂。我如痴如醉地写诗,写好后便抄好寄去成都的《星星诗刊》。《星星诗刊》是一个全国性的专业诗歌类刊物,我梦想着我的诗能发表,可一首也没有。也许正因为如此,更增加了我对《星星诗刊》的向往。

那年,我跟一个石匠师父去建筑工地干了一个月活,拿到了32元工资。我突然萌生出一个念头——乘火车去千里之外的成都。说走就走,我在成都市找到红星路二段85号《星星诗刊》编辑部。当时任副主编的鄢家发老师接待了我，当他听说我是一个农村青年，对诗特别钟爱，而且这次是利用在建筑工地上挣的钱，专程跑这么远来到《星星诗刊》编辑部的，他非常感动，叫我将诗稿给他看。他看后给我提出了很多修改意见，并给我讲了很多创作上的知识，还选了我写得好点的两首小诗《太阳》和《窗》，经他修改后在《星星诗刊》（1985年第6期）上发表了。本来我应该请鄢家发老师吃饭，感谢他对我的指点和帮助，可当时我没钱。那天中午，鄢家发老师把我带到他单位的食堂，请我吃饭。从那以后，我一次又一次寄诗稿给鄢家发老师，他也一次又一次耐心地给我提出修改意见，让我在诗歌创作方面有了很大的进步，也偶有诗作在一些省市级报刊上发表。

有诗的日子是美好的，有诗的梦想也是甜美的。但作为一个农村青年，当我选择了诗，也许一辈子注定要为诗而奔波，更要为诗付出所有。为了实现那个美丽的梦想，我去了北京一家报社打工，心想这下真的扑入了文学的怀抱。可这家报纸不久就停刊了，我好像从理想的天空中一下就坠入了万丈深渊，陷入了深深的迷茫中。报纸停刊后，我拒绝了同住一个寝室的福建文友的邀请，匆匆地回了家。

这位文友选择去成都，继续打工，业余时间写作，在生存与理想间艰难地跋涉。他后来又结识了一批自由撰稿人，以自由撰稿为职业，虽然辛苦，但也乐在其中。这期间他也多次来信劝我去成都，我都谢绝了。后来他与文友创办了一份内部赠阅的报纸《成都商报》。经过20多年的发展，《成都商报》不但成为成都公开发行的一流大报，而且还成为全国有影响的报纸。他自然是报社的元老，成了一名颇有影响的作家，当了副刊部主任。但回想当初，他千里迢迢从福建来到成都，而我却与仅一步之隔的成都错过，更错过了一生中不可多得的机遇。

2

在与成都失之交臂的 20 年中，我一直都在四处打工、四处漂泊，诗意早已在心中一天一天地淡去，剩下的只是负重的生活与艰难的足迹。我曾一次又一次从成都经过，都没有在成都停留。或许，我与成都的缘分未到；或许，成都在我心中太理想化了。

后来，我有幸认识了大足籍、在原成都军区文艺创作室从事专业创作的著名军旅作家、诗人杨泽明，对成都又多了一份梦想和期盼。我通过书信与他交往，并且把我的习作寄给他，希望能得到他的指点。我出版了散文集《漂泊情怀》后，寄了一本给他，不久就收到他的回信。他在信中说："我花了十多天时间，认认真真地通读了两遍，我想再读一遍后，写一篇评论文章。"后来他果真写了一篇 3000 多字的评论文章《打工文学的新花》。这篇文章先后在《散文潮》《重庆文艺》等报刊上发表，引起了很大的反响，对我也是极大的鼓励。

有时，我把一篇篇散文或小说寄给杨泽明老师，少则三五天，多则十天半月就收到他的回信，或指出不足之处，或肯定文章的成功，甚至帮我修改。他还将自己亲自修改了的文章帮我在《四川散文》杂志上发表，这对我是莫大的鼓励。有时我为付出了很多而收效甚微感到颓丧，有时因为希望变成失望而感到迷茫，便盼望着杨泽明老师的信，从他的信中，我获得了继续写作的勇气，坚定了不达目的不罢休的决心。

灵感像阳春三月的花朵，芳香四溢。有时我因打工的艰辛、生活的艰难所困，准备打电话向杨泽明老师诉说时，一听见他那洪亮而热情的声音，我就一下子就来了精神，所有的困惑、所有的失落，一下子逃得远远的。我抬头看着天空依旧那么蓝，回头看着街道依旧那么繁华热闹。

有一次，我寄了一首长诗《行走在天地间》给杨泽明老师，他看了后说行，帮我推荐给成都的《当代人》杂志，不久这首长诗就在成都的《当代人》文学杂志上发表了。我非常感动，更有了继续写下去的勇气。

3

一个"五一"假期，我把平日里怎么也忙不完的事扔在一边，把房门"砰"的一声关上，背上背包踏上了去成都的旅途。因为成都一直是我向往的地方。车刚到成都外环路时，我一下子来了精神，把脸贴在车窗上，尽情地向外望去，像要把这里的一切都要尽收眼底，那高高的楼房、那纵横交错的立交桥、那繁华热闹的街市……

到了成都市区后，我首先给在成都的一位朋友打电话，他是从家乡来成都创业的。大约过了半个小时，这位朋友骑着一辆电动摩托车来到人民南路，找到了我。他已比过去显得老了些，四十刚过的人，看上去与实际年龄不相符。他十分热情地握着我的手，我问他："你怎么变得比过去老了呢？"他笑了笑说："也许是出来压力太大了。"

我们去了百花潭公园，在那里喝茶聊天，轻松愉快地说一些文学创作上的收获与一些往事。浓浓的乡音，朴实的话语，真像杯子里的茶越泡越浓。随后我提到，在成都有一位军旅作家、诗人杨泽明老师，多年来一直都在以书信的形式辅导我写作。朋友建议打电话给他，如果他有空就请他来喝茶。我说："这恐怕不好吧，他是名家，我们应该去登门拜访才对。"

经过朋友再三地鼓励，我就给杨泽明老师打电话。杨泽明老师接了电话说："你们在哪里？"我说："我们在百花潭公园。"他说："我马上来！"大约过了半小时，只见一位气质不凡的老人推着自行车来到公园。朋友问我那是不是杨老师。我说："我也没有见过。"

朋友笑了:"你与他没有见过面?"我点了点头,我便走过去问:"您是杨泽明老师吗?"那位老人马上伸出手紧紧地握着我的手说:"今天我本来有个文友聚会,听说你来成都了,当然我得来陪你,毕竟我们是'文友'又是乡友嘛!"一番话说得十分真诚而热情,我先前紧张的心情一下子放松下来。

随后,我们三人喝茶聊天,谈一些文学创作的话题,杨老师像是给我们上了一堂文学课,使我们感悟到了许多平时很难悟出的东西。中午,朋友说由他请吃饭,杨老师说由他请客,因为他是"主人"。

下午,我们继续在百花潭公园喝茶,杨老师还叫了几位成都的诗人。大家围绕文学创作开心畅谈,气氛十分融洽。平时难得见到的大刊物的编辑,还有全国有名的作家,此时,我居然和他们面对面地聊天、喝茶,我向他们请教了许多创作上的问题。这一次的见面让我学到了不少东西,对我以后的写作帮助很大。五月的阳光虽然火辣辣的,却在轻风中显得那么灿烂而美丽,公园里盛开的花朵与碧绿的柳枝,为这个五月增添了色彩。

晚上,杨老师提出由他请客,到成都一家有名的鱼庄吃鱼。店里的老板十分热情,一个菜一个菜地给我们介绍。我们点了菜,又要了酒,喝酒聊天,好不惬意。此时,大家都放下了自己的身份,都以"文友"与乡友相称,在这样的氛围中,我感受到了浓浓的暖意。

4

记得那年,《星星诗刊》主编杨牧老师来大足,可能是因为我在《星星诗刊》发表了几首诗,我有了陪同杨牧老师的机会。我陪他去宝顶山和北山看了大足石刻,又去了龙水湖游玩。杨牧老师说话幽默风趣,对诗的创作和见解更有独到之处。我也不失时机地将我的诗稿给他,请他指点。他认真地看了我的诗稿,并提出了很多修改意见,让我受益匪浅。

我已多年不写诗了，但对《星星诗刊》的那份情仍未改变，我每年都订阅《星星诗刊》。不写诗但一定要读诗，因为诗能让我写作时语言表达更有特色，使我的散文充满诗意。

我又从书柜里翻出李劼人的《死水微澜》，认真研读，这部作品体现了浓郁的成都特色，融地方色彩与生活情调于一炉，为读者展现了一个生动的老成都，其风俗文化、人生百态的描写层次分明、错落有致。同时，书中对四川方言运用得生动形象，体现了巴蜀韵味。受到李劼人的《死水微澜》的启发，我创作了长篇小说"乡土爱情三部曲"即《北漂爱情》《偏西的太阳》《真把爱情当回事》。

如今，我有了一份稳定的工作，也更加勤奋地写作，在全国很多报刊发表了不少文章，也出版了几部长篇小说和散文集。常有全国各地的作家诗人前来大足旅游或采风，但其中更多的是四川的文化名人。只要他们联系我，我都去作陪，给他们讲大足石刻的故事，介绍大足的风土人情。大家还谈论巴渝厚重的文化底蕴，交流文学创作。

我写的短篇小说《租来的爱情》通过他们的介绍，在绵阳市文联主办的公开发行的文学杂志《剑南文学》上发表，我写的散文《追寻梦想》在四川省散文学会主办的杂志《四川散文》上发表；而他们创作的作品，也在重庆作协主办的文学杂志《红岩》《重庆文学》，以及《大足文艺》和我主编的文学杂志《双桥文苑》上发表。大家多了展示的平台，为巴渝文学获得共同发展的空间。

巴蜀厚重的历史，壮丽绝美的山水，是我文学创作的灵感来源，让我努力圆我的文学梦！

山里的太阳

1

　　早上，太阳慢慢地从对面的山坡上升起，到处弥漫着淡淡的清香，天空湛蓝的色彩里点缀着朵朵白云，阳光照亮了山里忙碌的清早。我揉着还没睡醒的眼睛，牵着牛上坡放牛。那时还小，总想多睡会儿。可父亲总是早早地叫醒我，我虽一时难以理解，但每家的孩子都是这样。走着走着，就有另外几个上坡割草或拾柴的小伙伴走过来，我们几番打闹后，心情也好起来，便一起去山坡上。

　　其实，对我们孩子们来说，山坡上很好玩，是我们的乐园。我把牛牵到草地里，让牛自由地吃着草，我坐在山坡上玩。这时我发现，雾是白的，山是黑的，太阳是红的。红红的太阳光照在山间，一半红一半绿，神奇极了。我想象着山里是不是住着神仙，或者像爷爷的神话故事中讲的，那更远的山上是不是住着七仙女？随后，割草的小伙伴割好了草，拾柴的小伙伴也拾好了柴，我们就开始在山间玩捉迷藏。大家在山间跑来躲去，欢快的笑声在山间回荡……

上学的时候，朦朦胧胧中我对村里一个女孩有了好感，觉得她长得好看，和她一起玩很开心。每天早上迎着初升的太阳去上学，总要绕路从她家门前经过。记得她家的屋外是一片菜园，菜园里的青菜在清晨显得格外清爽，绿油油的菜叶上面躺着一些露珠儿，再听着小鸟的叫声，我的心情格外舒畅。

不知是这个女孩看懂了我的心事，还是觉得和我在一起玩有趣，我每次从她门前经过时，她都背着书包出来。我们边走边说话，向着学校的方向。初升的太阳将上学的路洒满金光，清风拂面，夹杂着丝丝泥土的清香，沁人心脾。下午放学后，我们又一起回家，夕阳西下，我们高高兴兴地走在回家的路上。山村被夕阳映照得很美，丛林里鸟儿的叫声更欢，田野里、乡间小路上，都散发着甜美的青春味道。有时，晚上做梦时，我都会梦见她那迷人的笑容，还有她那美丽的身影。

2

那年我十六岁，正上初三，青春懵懂，正是对生活充满遐想的年龄。春天，教室门前那两棵粗壮的大柳树，刚刚萌发出嫩绿的小芽儿，那似黄非黄、似绿非绿的颜色，就像雨中别致的小伞。它伸展着，随风舞蹈着……

春风拂面暖意浓，整个校园漂亮极了。树以自己独特的美装点着校园，也装饰着我们自由的梦想。那时，我们除了在教室里上课，就是在寝室里谈天说地，话题离不开两样，情诗与女孩。有一天，我在同学那里抄了一首情诗，偷偷地放进同班一位有好感的女同学的书包里。从那天起，我像做了贼似的，整天都不敢面对她，更不敢看她一眼，害怕她看见了那封信，怕她把信拿去交给老师。我由先前的兴奋与激动，逐渐变得不安与害怕。

这样过了好久，没见她回信，也没见她告诉老师这件事，她仍跟以前一样。上体育课时，她仍与我们几个男同学打闹；放学后，我看见她在水管边洗衣服，仍笑盈盈地望着我。有一天放学后，我与一个男同学到学校外面的一个山坡上玩，我便跑到最高的山顶上，想看见她从学校出来的身影。

哪知，不一会儿，她与一位女同学也来到这山上。她们背着空书包，手里拿着一块小竹块，来这儿拔折耳根。当她走到这边的山顶时，我心里好激动，但一时又不知说什么好，好像心里有很多话要说，但是都难以说出口。因为紧张，我们都不知道说什么好，她也慌了神似的脸唰的一下红了。为了掩饰此时的羞怯，她把肩上的空书包取下来抖了抖，慌乱中她连看都没看我一眼，转身就走了。她走后，我走过去，突然发现地上有一个用纸叠的三角形，我拆开一看，正好是我写给她的那封信……

不久，我们初中毕业了，我上了高中，她没考上，去了成都一家皮鞋厂打工。从那以后，我们再也没有见过面。事情已过了20多年了，这件事还如一张完好的底片，一直珍藏在我的心里。

3

三月，农人们开始忙碌起来。父亲用心将在期待中沉淀了一冬的农事开始梳理，有水的田地就播撒谷种，没水的田地就种下玉米，田边土坎上播下豆子、瓜果……我跟着父亲下到地里去播种，将一把把金黄的谷粒、一颗颗沉甸甸的豆子播进地里，连同这融融的暖阳，连同这质朴的情感，一起播散在这片新翻的热土里。

栽秧时田里更热闹，那一块连着一块的水田里，全是人们忙碌的身影。有三五家人相互换活儿的，几家人一起围在一块田里干活；也有一个人干活而耐不住寂寞的，一边干活一边唱起了栽秧歌，歌声粗犷豪放；还有一边干活一边说笑的，那些笑话既热闹又风趣，引得相邻的几块田里干活的人大笑。在那不断的、爽朗的笑声中，山里的太阳照在田野上，那一块一块田野穿上了嫩绿的盛装，渐渐地变得格外的绿，绿得像诗，更像一幅美丽的田园山水画……

立秋后，田里的谷子渐渐熟了，到处都是金黄金黄的，农人脸上露出喜悦的表情。这时的太阳还火辣辣的，烤得人们汗流浃背。山里人便准备着打谷子，或是三五家换活儿互相打，或是请亲戚朋友帮忙打，都是根据自家的实际情况安排。父亲是个习惯了干农活的人，我家的谷子是一家人慢慢地打。

田野上时不时也响起了打谷子的"咚咚"声，还有山里人那粗犷而欢快的说笑声。母亲是个勤快人，一直都是晚睡早起，在这打谷季节，她起得更早了。她把饭做好，还把猪食倒到猪食槽里，然后拿着镰刀就出门了。黎明前的稻田里，响起了一片"嚯呼""嚯呼"割谷的声音。天刚放亮，父亲扛着挞斗、挑着箩筐来到田边的时候，母亲早已割了一大片谷子了。

在这打谷月里，晒坝是非常重要的。在实行土地承包后，生产队的其他东西都分了，只有这块晒坝没分，十多户人家合用。平时谁家娶媳妇嫁闺女要摆上十桌八桌的，就在这个晒坝，既宽敞又干净。打谷时节，晒坝利用率最高了，但乡亲们从来没有为谁用晒坝而争吵过。哪家该先打谷子，哪家该后打谷子，不用商量，乡亲们心里都有默契，更多的是相互的信任和理解。

所以，在打谷子时谁都希望太阳大点，哪怕是晒得打谷子的人们汗流浃背，心里也乐滋滋的，比吃了蜜还甜。

不管白天打谷子有多累，晚上母亲都会坐在院坝与邻居的女人们拉家常。此时月光像牛奶一样，细腻、柔美，将院坝映照得亮堂堂的。看着堆在院坝里的高高的谷堆，她们是那么的高兴。然后，不知谁说了一句笑话，把大家逗乐了，笑声就如院前的溪水一下子荡开了，在山村里缓缓地流淌着……

4

我高考落榜没能上大学，却不甘心就这样沉寂在乡村。我在学校读书时爱好写作，于是我又燃起希望，想通过写作来改变命运，从而走出这个小山村。于是，我又拿起笔写诗，写山里的太阳，写山里的月亮，写山里人像星星一样的梦想，写春种，也写秋收。

可乡村的日子平凡得不能再平凡了。每一天都迎着日出，看着日落，和着那一首首粗犷朴实的歌谣，还有那一阵阵的唢呐声，吐露着真情与心愿。然而，每天，我都得下地干活，每天都在重复着昨天的故事，像我的祖祖辈辈一样，早出晚归，挥汗如雨地劳作。

唯有晚上，我待在自己的小屋里，看着从窗外漫进来的月光像诗一样美，美得像戴望舒笔下的《小巷》，像舒婷笔下的《致橡树》，更像我读过的许许多多诗人笔下的诗，于是我找到了写诗的灵感，便点亮煤油灯，如痴如醉地写起来。仿佛这乡村的瓦房、土墙、院坝、竹林，都充满着诗意，这静静的夜，这皎洁的月光，这屋外小河里潺潺的流水声，都跳跃成诗的意境。

诗是迷人的，也让我对生活充满着无尽的梦想。我不光是晚上写，有时白天上坡干活时，也背着父亲写。每当扛着锄头上坡去麦地里除草时，清晨的阳光将大地照得亮亮的，远山被阳光映照得那么美，写诗的灵感就来了。我顾不上干活，坐下来拿出随身带着的纸和笔，就十分开心地写起来。有时，下地挖土，看见夕阳西下，田野好像被夕阳染成了另一种色彩，如梦幻般的绚丽，我也毫不犹豫地写起来，直到把这诗写完，天已黑了，回家当然会挨父亲一顿骂。

随后，我便把写好的诗稿投寄出去，就像播种后盼着地里的庄稼成熟一样，我盼望着寄出去的诗稿能发表。有时，也亲自跑去县文化馆送稿子。记得县文化馆主办的《宝顶山》文学报就发表了我写的诗《八月》《老屋》《土墙》等。我读着自己发表的诗，就像农民收获了一季的庄稼一样，无比的喜悦。同时，也对县文化馆那个充满文学气息的地方更加向往。

有诗的日子是美好的，我依旧每天干农活，依旧不停地写诗，只是在劳作的艰苦中多了一份期待，在春去秋来的岁月里，多了一份守望。梦想，依旧在那阳光的亲切抚慰里蓬勃地生长！

5

初夏时节，山里的太阳将县城郊外的一个小山村映照得格外美。山村里一排排的瓦房，依山而建，互不相邻且相距较远，有的向东，有的面南，散落在绿树丛中，像一幅写意味道极浓的画，气韵生动，和谐又自然。户户的房屋都是白色的墙体，红色或青灰色的琉璃瓦，家家的屋顶都装着太阳能热水器。小山村富足、宁静，朦胧中透出简朴的美，犹如仙境一般。

经过多年的努力，我通过写作已从乡村走进了县城，在一个文化单位工作。有时，我利用周末，邀几个文友到乡村走走，感受一下新农村的变化，呼吸一下乡村那清新的空气。那天，我们去郊外的一个小山村，大家都十分开心，便沿着乡间小道走着，一路上有说有笑，欣赏着乡村美景。随后，我们来到一个农家小院休息片刻。小院的主人是一个六十多岁的老人，他热情地搬凳子给我们。

寒暄之间得知，他的儿女们都外出打工了，没有特殊情况，一般一年才回来一趟。他最重要的事就是照顾已经上学和还没到上学年龄的孙子们。他们村的土地已经承包给一个外地人搞开发了，要在这里打造了一个"爱情浪漫花海基地"，是集生态旅游、休闲、娱乐、摄影、户外运动、养生、度假为一体的体验式生态观光旅游地，目前工程正在紧张地施工建设中……

在我们走出老人家后，我们真切地感受到乡村的变化，现在的乡村再也不是我记忆中的乡村了。此时，升了温的太阳，将整个山村涂上了一层现代化的色彩。记忆中金黄的麦穗、细柔的黑红玉米须，还有乳白的炊烟、亮光闪闪的镰刀以及古铜色的皮肤，似乎都不见了踪影。而这些记忆，似乎只能在作家、诗人的笔下再现。我们在返回的途中，文友们都已想好了回来后要写的文章标题，如《捏几朵白云》《美丽的乡村》等。而我却无从下笔，因为此时我不知是留恋乡村还是满足于多年的县城生活。

6

如今已在县城里生活了多年的我，也时常回乡下老家。除了陪年迈的父亲说说话，我也喜欢出去走走。每当去山顶，望着山下的村庄、河流、田野和远处连绵不绝的群山，一切都像被阳光镀了金一样，充满着生气，更充满着诗意。不时有几只麻雀飞过，欢快地在草丛中觅食。偶尔遇见熟人走过，我不时地与他们打着招呼，也有的坐下来说说话，虽然说的都是些油盐柴米的老话题，但说起来却仍有新意。阳光暖暖地照射着，心里也暖暖的。

在这个冬天，山上那些山菊花仍静悄悄地开放着，婀娜的身姿，害羞的笑脸，不亚于秋的美丽。我认为山菊花是野花里的鸟儿，有飞翔的愿望，有歌唱的梦想。山菊花和葵花很相似。深黄色的花蕊，绿色的叶子更衬出花的娇艳和高贵。在暖暖的阳光下，仍有少数蜜蜂轻松自由地飞舞着。我俯身静听，仿佛听到了它们的窃窃私语。

于是，我沿着一条山间小路下山，山路边那些树似乎挺直了身子，精神十足，目光中充满着期待，微笑中流淌着真情。树上光秃秃的枝条在蓝天下，勾勒出苍劲有力的写意画，给我留下许多想象的空间。

柔暖的阳光透过树枝，将斑驳的光影洒在我的身上。枯草中隐约看见了青青的嫩叶，嫩草的清香在阳光中飘散，这就是冬天里储藏的希望。

此时，我看见山里的太阳，似乎多了几分平和与淡然，而我正静静地享受着宁静而幸福的时光！

梦想重庆

1

记得 15 岁那年，我第一次去重庆，对重庆充满了憧憬。

当时，我初中毕业没考上高中，父亲说什么也不让我再去复读，而是叫我跟着一个石匠师傅当学徒，以学得一门手艺将来好养家糊口。这个年龄，正是充满梦想和憧憬的年纪，更是对外面的世界充满好奇和向往的年纪。那时响水滩水库正好在修坝，石匠杨师傅承包了部分工程，我就跟着师傅来到响水滩工地干活。

每天一大早就起床，来到相距 7 公里的水坝，干又重又累的石工活。年少的我，没有体力，干起笨重的石工活真有些吃不消。每当看见那些跟我差不多大的孩子背着书包快乐地上学时，总是让我向往学校的生活，看见一些来水库游玩的游客，更让我羡慕。于是，我总想摆脱这种自认为没有出息的石工活。心想，既然父亲不让我复读，我就要出去找一个轻松的活儿干。

可师傅说："我在重庆联系到一个工程，你难道不想去重庆玩玩？"这话可真让我动了心，我就又留下来继续干活，并盼望着师傅早点带我去重庆。我开始在心中幻想着在重庆的生活，虽然只是去那儿干活，却想象成和那些在重庆上班的人一样，穿干净的衣服，打扮时髦，每天下班后去逛商店、逛公园，生活多么的快乐。可师傅说要等这个工程完了才能去重庆，我便每天盼望着这响水滩的工程早点结束。我就这样边干活边等，又干了三个月，这个工程终于完工了。

在家休息了两天，师傅就带着我们从镇上乘车到邮亭火车站，然后买了从成都到重庆的火车票。下午3点，我们上车后，列车就向重庆的方向驶去。由于是慢车，不论大小站都要停，我因是第一次坐火车，便兴奋地看着窗外的风景。这一路几乎是沿着长江走，那美丽的江景和轮船的汽笛声让我格外高兴，更是对外面的世界充满着向往。

到重庆时，已是晚上十点钟，师傅说："现在也无法去工地了，只能在这儿住一晚。"于是，我们在火车站附近的旅馆办理了住宿登记。师傅还带着我们出去吃饭、逛街，大家都特别高兴，饭虽吃得简单，但大家却非常开心。吃完饭后，我们就去逛街。重庆城真美，宽宽的马路上车来车往，高高的楼房在灯光的映照下十分美观。以繁华区灯饰群为中心，干道和桥梁灯饰为辅，万家民居灯火为背景，构成一片错落有致、远近互衬的灯的海洋。满天繁星似人间灯火，遍地华灯若天河群星，上下浑然一体，交相辉映，如梦如幻。

微风拂面，波光粼粼，多彩的江轮在碧蓝的江面上泻下道道彩虹，远处小夜曲般的汽笛声在江面萦绕。仿佛处处都蕴藏着生命的活力，渗透出时代的气息，彰显着迷人的风韵……这一晚，也许由于兴奋，我久久不能入眠。

2

第二天一早起床，我们便去了工地。工地在江边的一个小坡上，与我想象的真是天壤之别。我们住在工地旁边的一个小工棚里，整天干着打地基的活。活儿繁重而且枯燥，哪像我想象的那些在重庆上班的人那样！我有点接受不了这个现实。每天晚上，干了一天活儿累了的师傅和师兄们都很快进入了梦乡，而我却怎么也睡不着，望着美丽的江水，总想着如何才能改变我的人生。

来重庆干石工活刚好一个月，领了工资后，我想出去找点轻松的活干，具体找什么活，我心里没有底。于是，我想到父亲有一位朋友，我应该叫她周阿姨，她在重庆北碚建筑公司工作。我想，要是我去找她，说不定她能在重庆给我找个什么活，随便干个什么活都比干这石工活强。

当时没有电话，一切都只能用写信的方式联系。我想何不去她那儿玩几天，顺便看看她那儿有没有适合我干的活儿。由于没有周阿姨的具体联系方式，我当时根本没想这么多，只想直接去北碚建筑公司找她就行了。

我将这一想法告诉了师傅，师傅不但没有骂我，反而还支持我去。他说："如果找不到你周阿姨就回来。"由于我年龄太小，也没有思考一下，重庆这么大，去哪儿找她呢？就算找到她，她能接待我吗？她与我爸只是一般的朋友，再说人家是重庆知青，好几年前就回城了，她还记得我吗？当时我没管这么多，说走就走。可由于不熟悉路，赶了一下午的公交车，晚上才到重庆火车站，我分不清东西南北，更不知道往哪儿走。此时我觉得，重庆并不像我想象的那样好。在举目无亲的情况下，我感到一阵害怕，差一点就哭了。

冷静下来后，我便向路人打听去北碚的车。一位老大爷说："这么晚了，没有去北碚的车了。这儿去北碚还要坐 2 个多小时的公共汽车。"他叫我先住下，明天再乘车去北碚，白天找人容易些。我便按他的指点，来到旁边的"山城饭店"。当时住旅馆不用身份证，而是要证明，我没有。我想这下完了，住不了旅馆了，我在这儿人生地不熟的，怎么办呢？

正当我为此发愁时，一位中年人走过来问我："小伙子，你是在这儿等人？"我说："不是，我是来住旅馆的，可我没有证明，不能住。"他说："那你在重庆有熟人吗？"我说："没有，我是从很远的大足来的。"他想了想说："这样，我有证明，看我能不能多登记一个人。"随后，他拿着证明去登记处多登记了一个人。我交了钱后，便住进了旅馆。我心里很矛盾，我很想放弃找周阿姨的想法，想着还是回工地上跟着师傅好好干活吧。这一晚，我又失眠了。

3

第二天，我还是决定去找周阿姨，仿佛觉得找到她就找到了希望，才有机会实现我的梦想。我到公交车站乘去北碚的汽车，可在北碚下车后，才知道北碚也很大。我只记得我爸说过，周阿姨在北碚建筑公司上班。

当然，我也认得周阿姨，她曾经来过我家，我记得她的样子，她也许也认得我。我便一路打听北碚建筑公司在哪儿，问来问去终于找到北碚建筑公司了，可连问好几个在那儿上班的人，都说不认识周阿姨。我失望了，这下也不知道怎么办了，便到街上随便吃了二两面，没别的办法了，又转回来，再继续问。终于问到一位女同志，她认识周阿姨，她说周阿姨不在这儿上班，在长江对面的黄桷正街那个分公司，正好她下班了要回家，她家就挨着周阿姨家，叫我跟着她去就行。

我跟着这位女同志乘了好一阵公交车，又坐了过江的轮渡船，终于来到周阿姨家。可周阿姨还没下班，只有周阿姨的父亲和母亲在家。他们听说我是来找周阿姨的，问清情况后，热情地叫我进屋坐。周阿姨下班回来后，她也认出了我，她问："你一个人来的？"我说："是的。"她说："你爸还好吗？"我说："还好。"随后，她拿出她弟弟（我叫小叔叔）的衣服，叫我去洗澡。我穿上这些衣服后，感觉人都变了个样似的。我穿的是当时重庆流行的拉链衣服和喇叭裤。

当晚，吃了晚饭后，周阿姨带我去街上玩，还带我看了电影，记得那次看的电影是《被爱情遗忘的角落》。随后的几天，我就跟着小叔叔到处去玩，他还带我去江边。当我站在江边，看着那清澈的长江水在我身边哗哗流过时，我不知有多高兴。江面上偶尔响起几声江轮的汽笛声，惊起几只水鸟。时而又有小小的渔船出没在江面，渔夫悠闲地将网撒向江里。我俯身用手拨了拨清清的江水，凉凉的江水从我的手指间流过……

有时小叔叔上班去了，我就和周阿姨的女儿丽丽玩。那时丽丽才13岁，记得有一次，她带我去她妈妈上班的工地上玩，但是由于她太小了，我们迷路了，最后东问西问才回到家的。

那晚，我对周阿姨说："周阿姨，我这次来，是想请你看看能不能给我找个活儿干，因为我不想整天干打石工活，太累了。"周阿姨笑了说："你这么小，应该是上学的年龄，你别忙着找事干，回去好好读书。"我说："我爸就是不让我去复读，叫我去学手艺，整天干石工活多累。"周阿姨笑了说："你放心，我写信给你爸说说，让他叫你读书。好好读书以后才有出息，我想他肯定会让你去读书的。"

在周阿姨家玩了几天后，我也该回家了。周阿姨给我买好车票，还买了一些水果和糕点，并送我到汽车站上车后，她才回去。我回家后不久，我爸就收到了周阿姨的信。我爸先去镇中学联系好，我便去复读。复读一年后，我终于考上高中。

高中毕业后，我虽然没考上大学，但高中三年的学习，让我积累了更多的知识。后来，我坚持写作，最终改变了命运，进入了县城的文化单位工作。我在心里感谢周阿姨，更感谢那次重庆之行，改变了我的人生。

那条小巷

在我的记忆中，这是一条充满诗意的小巷。文友们在这里聚会时谈论文学的欢笑声，像优美的音乐一样，在小巷里回荡着，让小巷变得格外的亲切且温馨。

这条小巷在县城的浓荫路上。小巷很窄也很长。长长的小巷弯来弯去，两边是错落有致的楼房和民房。小巷里的路是用石板铺的。石板可能有些年月了，被踩得光溜溜的。水泥路旁也有些青苔，历经沧桑。

30多年前，县城里成立了野茅文学社。这个文学社人不多，好像只有十来个人，两个月开展一次活动。由于是民间组织，开展活动没有场地，有一个文友老姚十分热情，每次文学社开展活动，他都主动要求去他家里举办。因为他当时在县畜牧局上班，各方面条件相对好一些。由此，老姚的家就成了我们文学社举办活动的地方，也是我进城的一个落脚地。

由于我住在偏远的乡村，每次文学社开展活动，社长都通过写信的方式通知我。我收到通知后，就准备一些稿子。活动那天得早早地出发，有时坐客车去，有时骑自行车去。不管刮风下雨，我都按时参加，仿佛那时对文学的梦想，就是参加一些文学活动。我对县城的认识也是从这条小巷开始的，觉得这条小巷里到处都充满着诗意，整个县城也因为这条小巷飘散着文学的气息。

当我走进这条小巷时，抬头望去，发现小巷就是一篇最古雅恬静的散文。悠远的小巷总能使我想到远古时候的纤纤少女，她躲在僻静的闺房里，不轻易露面，含蓄却有着不凡的气质。还有一位文友也住在这条小巷里，相比之下，他的生活要艰难些。可他们对诗的热爱是一样的，对文学的兴趣不减。有时，听他们谈论小巷里的家长里短、逸闻趣事，我就感觉小巷里暗藏着很多的文学话题。

说是文学活动，其实就是大家围坐在一起，拿出自己最近写的散文、诗歌念一念，让大家提意见。因为文学社是民间团体，没有报纸也没有杂志，作品写得再好也没有发表的园地，说白了就是在文友面前展示一下，文友们多半只说好话。有时也为某一观点争论不休，但最终还是各人保持各人的观点。也有文友传递一些文坛信息或谈自己的一些写作计划……总之，大家无话不说，一上午的时间很快就过去了。中午，老姚总会准备一桌丰盛的午饭，有酒有肉，让文友们在感受浓浓的文学气息的同时，也享受一下老姚的厨艺。

诗意的小巷，不但让人感觉春风拂面，而且让人因为这种浓郁的文学氛围，对小巷充满着无限的憧憬。爱写诗的我，也时不时对小巷产生想象。

那几年，文学社有时也在一位文友的办公室举办活动。中午大家便去外面吃豆花饭，都是 AA 制，吃多少大家平摊。虽然吃得简单，但那种氛围却难得。多半时间还是在那条小巷的老姚家里举办活动，老姚的家人不但不反对，反而还十分支持。按理说文学社举办活动是自费，可我们在老姚家里吃饭却从未出过钱。每次老姚都说只是粗茶便饭，每次却又做得那么丰盛。老姚总是笑着说，因为文学大家走到一起不容易。

2

我经常参加活动，便在县里结交了一些文友。县科协筹备办一张《科普开发报》，经文友推荐让我去当编辑。对于我来说，这是走出乡村实现梦想的好机会。

我到县城后才知道，报纸只是挂靠县科协，没有经费，也没有办公场所。我家在离县城很远的乡下，首先得租房子住下来。对县城不熟悉的我，根本不知道哪里有房子出租。一个文友带着我到处找房子，在县城周边找了很久都没找到，最后来到这条小巷，一家一家地问，终于在这里租到了一间小屋。这条小巷是一条老巷子，里面全是破旧的老房子，不过我能够在县城找到一个栖息之地，也是十分开心的。有了这间小屋，我在县城终于有一个落脚之地。

走在这样的巷子里，空气总是微湿的，时不时还会飘来淡淡的花香。这时，脑海里就会自然出现戴望舒的诗：

撑着油纸伞，独自
彷徨在悠长，悠长
又寂寥的雨巷
我希望逢着
一个丁香一样的
结着愁怨的姑娘
……

小巷，让我充满希望与梦想。

不久，《科普开发报》终于发行了。因为一时还没有找到办公场地，编稿、写稿几乎都是在这间租赁房里完成的。报纸出刊后，在全县产生了一定的影响。县科协正式主办，编辑部当然就设在县科协了。仿佛觉得是我的努力，让这张报纸走出了小巷，也因为我的付出，让我看到了成功的希望。

那时，我特别喜欢那条小巷，喜欢它的幽静，感觉住在小巷里也特别的美好。那深深的庭院，一扇扇褐色的门，微湿的墙壁，光溜溜的石板路……小巷悄悄地走进了我的心里。尤其是早晨，一缕缕阳光落在地上，将小巷的影子投在时明时暗的墙上。透过影子，我仿佛穿越过岁月，感受到时光如水一般地消逝在小巷的历史里。

晚上，小巷是静静的，也是我看书写作的最好时机。那段时间，我读了很多书，如《红与黑》《人生》《家》等，也写了很多诗。时不时有文友来这里玩，有时随便弄两个菜，要上一瓶酒，我们在这里边喝酒边谈论文学，谈得尽兴时，彻夜不眠。因为离得近，老姚时不时也来我这儿坐坐。由于年长，他多半给我说一些鼓励的话，也为我能从乡下走进县城而高兴。

《科普开发报》出了4期后，因各种原因停刊了，我也只能回到乡下老家。因为不舍，我没有急于走，心想回去后，可能要很久才来一次县城，不如在县城好好玩几天。说来也怪，平时因为上班忙来忙去，总觉得没有时间写诗，现在不上班了，本来可以好好写诗，却没有心情写了。那天，我到街上玩，突然碰到《大足广播电视报》主编赵老师，他问我最近的情况时，我告诉他《科普开发报》停刊了。他马上说，让我去他那里上班，因《大足广播电视报》正在扩版，还缺个编辑。

经赵老师介绍，我到广播电视局上班了，和赵老师一起编《大足广播电视报》。于是，我仍住在这条小巷里。也许是经历了上次被解聘的事情，心里多了一丝担忧，虽然，现在我又找到了一份工作，可不知道这工作又能干多久。这时，我发现这条小巷幽深绵长，就像我的人生路，不知通向何方。

我总喜欢坐在小屋里，闭上眼思考着、梦想着，渐渐地有了灵感，便拿起桌上的笔，在纸上写下这美好的时光。写完后，我走出小屋，看见洒进来的一缕阳光，依旧是那么美好，那么明朗。

3

之后，我又辗转多家单位，终于在县城有了一份稳定的工作，可文学社也没再举办过活动了。

小巷依旧是那样宁静优雅。从小巷的入口进去，随便在哪一处停下脚步，那些未被阳光照亮的细节，都会展露无遗。或许，许多人在小巷里走过了千万遍，可他们没有感觉到小巷里的诗情画意。而我，却难忘在小巷里度过的时光。

住在小巷里的老姚和另一位文友依旧在写诗，文学社的其他文友虽各忙各的事，但对写作的初心没变，对文学梦想的追求没变，大家都在全国各地的报刊上发表了一些文学作品。大家很少去小巷了，但仍对小巷记忆犹新。保存在记忆里的小巷很美，有文学上的朦胧美，还有想象中的古典美，那已经被岁月打磨得光滑锃亮的青石板，将我们的文学梦想照得分外清晰。

我有空还会去那条小巷看看。走在小巷里，感觉自己从岁月的深处走来，思绪凝固在了巷里的每块青砖乌瓦上。看看有些破旧的老墙，仿佛时光从小巷飞速地流过。记忆中的许多画面，像春日的暖阳一样，温暖着我的心灵。我也常去老姚家里坐坐，老姚依旧热情，有时泡上一杯茶，我们就可以谈论文学大半天。时光因文学而美好。

这时的小巷里，两边的墙上绿意盎然，常常爬满了藤蔓，有一些米豆或丝瓜模样的植物，伸着长长的须子抢占领地，有时还会爬到屋脊上，有时也会不小心垂落到半空中。老姚退休后，在家种了些花草，他将那些花草都养在阳台上，花香随风飘出墙外，使整个小巷都弥漫着芬芳。

随着县城的发展，小巷也在变。小巷旁边新建了一个小区。小巷不像以前那么清静了，变得热闹起来。有开小馆卖饭的，也有摆地摊卖菜的，还有卖小吃的……早晨是小巷最忙碌的时候。凌晨四五点的时候，做饮食的起床备料，卖菜的赶紧去拉菜，都是为了赶个早。等到七点多的时候，小巷便热闹起来，吃早餐的、买菜的，小巷里的烟火气息掩盖了早年的文学气息。

前不久，我又到那条小巷里走了走。小巷还在，老姚以前住的三层小楼房还在，可老姚和住在小巷里的那位文友已去世多年了。县城不再因为这条小巷而充满诗意了，这条小巷，似乎只是我记忆中最美的那道风景。

怀念小屋

一间小屋住久了，像和一个人相处久了一样，就有了感情。

那是多年前，我独自到外地的一个小镇打工。好不容易找到干活的厂后，因为厂里没有职工宿舍，只能自己租房子。为了租一间房子，那天我沿着小镇走了好几条街，都没有租到合适的房子，房子不是大了，就是楼层太高了，没想到租一间房子也这么难。在我失望地坐三轮车回厂里时，骑三轮车的小伙热情地把我带到了一个破旧的小院里，说那儿有房子出租。我看好了其中的一间小屋，当即就租下了。

这间小屋在小院的靠门处，虽说嘈杂，但进出方便。镇上的喧嚣声时不时地将这里淹没，那些大小厂矿企业，也不断地沿着小镇的四域向周边辐射。这里除了来回奔驰的车辆，就是整日让人不得安宁的机器声。杂乱的厂房和高高的楼房混杂着，房子之间看上去很不协调，有的高大崭新，有的低矮破旧，灰尘四处飞扬……这时，我多想外面能有一片草坪，一个花园，甚至一棵树，好让我感受到"闹市"以外的宁静。

尽管这间小屋很小，宽不到五尺，长有丈余，但我一个人居住足够了。小屋里除了一张床和一张桌子，再也没有其他的东西。我住进去后，买了一台电脑和一台彩电。电脑能让我在上班之余，继续心中的梦想，而那台彩电就是我了解外面世界的一扇窗口。有了这间小屋，我就像小鸟飞累了之后，有了一个巢。

在这间小屋里，无人打扰，累了可以无拘无束地躺下；受了委屈，钻进小屋可以痛痛快快地哭一场；有了高兴事，也可以躲进小屋又唱又跳地疯狂一阵子……因为这间小屋，在这个陌生的地方，我终于落下了脚。有这么一个属于我的小小空间，不管下班后有多累，只要走进这间小屋，内心就会变得安然、变得淡定。

早上，窗外的小鸟清脆的叫声，如一首动听的歌儿，将小屋点缀得格外温馨。中午，一缕轻风从窗前吹过，屋中多了几分凉意。黄昏，一抹晚霞落入小屋，色彩斑斓，为小屋涂抹上了美丽的颜色。偶尔，有工友到小屋坐坐，一杯茶将一个永远也说不完的话题泡浓，一个笑话将打工人的艰辛赶得远远的，一声亲切的问候温暖着我孤独的心灵……

尽管白天各忙各的，但到了晚上，同在一个小院租房的人纷纷回来，小院里就热闹了。卖菜的农民夫妇满面笑容地推着货车回来了，他们将还没卖完的菜送给我们吃；一会那个骑三轮的小伙骑着三轮车"叮当叮当"地回来了，在他为我们讲述着这里的新鲜事时，也让我们一起分享他的欢乐；最晚回来的是在建筑工地上干活的夫妇，他们边走边说笑，讲述着对未来的期待……

随后，他们卸下一天的劳累，进入了梦乡。小院又变得静静的，我的小屋显得更静了。月亮虽然被挡在窗外，但思念家乡的我，仍隔着窗户凝视着月亮。月光像母亲的目光般柔和，像故乡河里的水一样清亮。我的小屋在月光的照射下变得亮亮的、暖暖的。

除了上班，我便关上门写东西。虽然有灰尘、有噪声，但只要一进入写作状态，心情一下就舒畅起来。所有打工的艰辛，生活的琐碎，人生的不如意，都像被关在门外，屋里似乎成了我的另一片天地。那烦人的噪声也被灵感淹没。如我在写《故乡》时，那烦人的噪声似乎变成了故乡山间溪流的潺潺声，如乐曲般动听；我在写《夏夜》时，那烦人的噪声如田里的蛙鸣声，悦耳动听；我在写《孤独》时，那烦人的噪声如远古的箫声，悠扬而缠绵……

于是，我的那间小屋便成了我游历于梦想间、飞翔于灵感上、沉醉于希望中的"世外桃源"。一首首诗、一篇篇散文，像鸽子般从我那间小屋里飞出去，带着我的快乐与喜悦，翱翔理想的天空中。

为了让我的小屋多点花香绿意，也为了打发无聊的日子，我在房外，用砖头垒起了一个小花园，先后栽上了一些花，有石榴花、指甲花、君子兰等。可这些花需要人精心呵护，更需要充足的水分与肥沃的土壤。而我的小花园里只有一些泥渣与烧过的煤渣，不管我怎么精心培育，天天浇水，这些花都先后枯死了。我为之叹息，认为这些花可能需要更好的环境才能生存。然而，我租的房子在公路边，灰尘满天，根本不适合它们生长。于是，我再也没栽什么花了，这个小花园就空着。

有一天，突然从花园里长出一棵青苗，我细细辨认，原来是一棵冬瓜苗。也许是我随手扔下的冬瓜籽长的吧。我高兴极了，原来，我的小花园并非"不毛之地"，它也能孕育出生命。这棵冬瓜苗，真的让我兴奋不已，我心想：石榴花、指甲花、君子兰等花高贵，不适合在我这小花园里生长，可这棵冬瓜苗，却悄悄地生长，而且还长得嫩嫩的、胖胖的。我天天为它浇水，一天一天的，小冬瓜苗就长大了，一根藤沿着我为它搭的架，不停地向上爬。一圈又一圈，成了一面绿色的"窗帘"。

长长的青藤上，长满了密密麻麻的绿叶，绿叶丛中还点缀着黄色的花朵。黄色的花朵鲜艳夺目，不时引来蝴蝶翩翩起舞，使我的小屋充满春天的气息。有时，还偶尔有小鸟飞来欢叫个不停。我为自己亲手种下的一片绿荫而高兴，仿佛我的小窗上悬挂着一幅绿色的风景画。这幅风景画在阳光下，送给我一片清凉；在细雨中，送给我一片宁静；在睡梦中，送给我一缕淡淡的幽香……

这根青藤毕竟是冬瓜藤，它总萌发着结瓜的想法。有时青藤上结了小冬瓜，却又悄悄地落了。邻居说："你看，刚结的小冬瓜，又掉了，栽着有什么用，干脆把它拔掉，栽上葱蒜还能做佐料。"我没出声，只是笑了笑。心想：这就是我精心呵护这根冬瓜藤的本意，冬瓜可以买来吃，可这绿色的风景，上哪儿买去？这根藤，也一个劲儿地开花，就是不结瓜，即使偶尔结瓜，也是头天结第二天就掉了。我暗自高兴，这不正是我所希望的吗？

窗外的这根青藤，越长越长，越长越茂。那根主藤上又长出无数根小藤，小藤又沿着窗口垂下来。可好景不长，就在我为青藤的成长欣喜时，房主却没经我的同意就把这根藤连根拔起。因为青藤遮住了墙上写着的"小商店"三个字，影响了他的生意。看着枯死的青藤，我十分心疼。与我朝夕相处、带给我无穷乐趣的青藤，不需要精心呵护，只需要阳光雨露便可生长的青藤转眼间就枯死了。或许，这根冬瓜藤，它属于田间地头，属于淳朴的乡间沃土。

我时时想起窗外的那根青藤，想起青藤上密密的绿叶，想起绿叶丛中黄色的花朵，还有飞舞的蝴蝶……我心中有一种说不出的伤感。然而，每当我望着屋外那个已变得空空的小花园，心中又期待着有一株新的青苗发芽，自由自在地生长，长出绿绿的叶，开出艳丽的花，再结出硕大的果……

后来，我离开了那个小镇，到了县城。之后，我在城里买了房子，每天下班回家后，将防盗门一关，好像与外界隔离了一样。在一起住了几年的邻居，还不知道他们姓啥名谁。新房子看起来很宽敞，却没有了住在小屋时的激情；小区很热闹，但它却少了一份幽雅。

生活在这里，心却像被困在笼子里的鸟，没有了飞的欲望。

住在繁华热闹的城市里，干净整洁的楼房、宽敞明亮的房子，美丽舒适的环境……耳畔再也没有烦人的噪声，更没有四处悬浮的灰尘，可我却找不到写作的灵感，整天按部就班地穿梭于单位与家之间，仿佛变成了城里的"木偶人"，没有了梦想，没有了期待，日子也变得平淡无味。

前不久，我回那个小镇办事，特意去看了看那间小屋。我走后房主又出租给一个进城务工的农民，大约住了一年多，那个农民买了房子搬走了；现在那间小屋又租给一位擦皮鞋的大姐，小小的屋子里住着他们一家三口，屋子虽然很小，却其乐融融，听说他们一家人也在计划着买房子，说不定哪天又要搬走。在他们搬走后，肯定又有人住进来。希望小屋里依旧充满着欢乐与梦想！

◎ 第三辑

山水诗意

每次看山，都是在聆听山上的风与树林亲切地交谈，在倾听大山那豪迈而酣畅的歌声，在追寻大山与山里人那纯洁而质朴的情感，在感受大山那粗犷而博大的胸怀⋯⋯

诗意龙水湖

1

龙水湖是美丽的，因为它的风景美，而且保留在我心中的记忆
更美。

早晨，山还未睡醒，湖水也还未睡醒，整个世界如此安静，连
小鱼儿悄悄地把头露出水面呼吸的声音仿佛都能听见。太阳在慢慢
地往上升，没等太阳升起来，就能隐隐约约看见远处的青山镶上了
一道金边。渐渐地，太阳升起来了，水面泛起点点星光。群山环绕，
垂柳依依，亭台楼阁。湖中的小岛绿树成荫，龙水湖就像一幅美丽
的图画。

20多年前，在外漂泊的我回老家后，一位高中同学邀请我去他
上班的厂里玩。他从重庆一所技校毕业，在厂里是负责生产的技术员。
我去他所在的厂里，他不但热情地接待我，还抽时间陪我到离厂里
不远的龙水湖玩。记得那是春天，在暖暖的阳光的照射下，龙水湖
就像一个娇羞的少女，羞羞答答且含情脉脉，清澈如镜的湖面上波

光粼粼，远处青青的山倒映在水里，形成绿岛般的倩影，龙水湖简直美得让人陶醉。

龙水湖既似烟波浩渺的太湖，又像水平如镜的杭州西湖，神奇如仙境的蓬莱，明媚风光更似桂林的山水。一同前来龙水湖玩的有同学的女友，还有他厂里的一位漂亮的姑娘。我们先在湖边转转，大家有说有笑，开心地聊天。

那天天气晴朗，阳光明媚，心情格外舒畅。我们便去樱花大道散步，道路两旁都是亭亭玉立的樱花树。樱花全都是粉色的，碧绿的叶子点缀其间，十分美丽。我们在樱花大道上漫步，看着清澈的湖水，连绵起伏的山脉，郁郁葱葱的大树，简直就像一幅水墨画。

那位姑娘总是用温情的目光看我，在湖边漫步时她和我越走越近。虽然她话不多，但我与同学说笑，她总是向着我说话，而且她的笑容里也含有一种特别的情愫。随后，我们租了一艘小木船去游湖。在船上，同学和他的女朋友坐在一起，我和那姑娘坐在一起。在船上看山，那岸上的山是静静的，郁郁葱葱，缄默不语，偶尔的鸟鸣和桨声，也带给我们另一种静谧。

前面就是两个小岛，说是小岛，还不如说是绿洲。湖中央有几棵不知名的树，倒影连波，波上寒烟翠，树干的几许苍凉和忧郁，都被茂密的枝叶忽略。三三两两的游船载着游人，荡舟湖面，看天云变幻。只见一群群白鹤在空中盘旋，排列整齐的银燕或戏水湖岸，或站立树梢。野鸭在芦苇丛中嬉戏，一派野趣横生的天然风光，让人沉醉。

我不由得对大自然的鬼斧神工深深赞叹，更为与一位陌生姑娘的遇见而高兴。在这纯美的大自然面前，在这水雾间，我似乎真正感受到龙水湖就像诗一样美丽、迷人。

那晚，我没有回家，在同学的厂里住下。吃了晚饭，正是黄昏，我又去湖边散步。黄昏时分的龙水湖，天水相接，浩瀚辽阔，渔舟唱晚，飞鸟归林。夕阳的余晖洒在湖面上，像是给湖面披上了一层金色的面纱。那高低错落的田野上涂抹着不同的色彩，五彩斑斓，从渔村里升起的袅袅炊烟，充满诗情画意。

2

第二天，我早早地起床，又独自到龙水湖边走走。清晨，一束银白色的光柱，透过柳梢，倒映湖中，闪闪跳动。一缕薄雾从湖面慢慢升起，由东向西徐徐散去。天空出现彩霞，湖水随着霞光的变幻而变幻，水天一色，把湖水映照得绚丽多彩。一只只小船从湖面穿过，惊起一群群鹭鸶、白鹤等水鸟。

一轮红日，从湖对岸的绿树丛中升起，翘望朝阳，金光耀目。水雾氤氲，笼罩湖面，山朦胧了，拦腰穿上了乳白色的纱裙。此时若泛舟湖上，真叫人不饮自醉。只见船影、人影、水鸟影倒映湖面。山绕绿水，水环青山，夹岸修竹，风光秀丽。

这时，那位姑娘也过来了，她说："我知道你在这儿，我来陪你走走。"我说："你怎么知道我在这儿呢？"她笑了说："你爱好写作，龙水湖是文人最喜欢来的地方，因为这儿风景太美！"她这话，真说到我的心坎上了。我漂泊在外，大江大湖我都去过，龙水湖虽比不上那些大江大湖大气，却有她独特的美。那次，是我第一次去龙水湖，不但记住了龙水湖的美景，更记住了龙水湖畔那个美丽的姑娘。

不知为什么，我在心里爱上了龙水湖。没事时总去龙水湖，在湖坝上走走，或者乘船在湖上游一游，因为这儿曾留下我的美好记忆，更重要的是，来这儿可以享受自然之美。当游船在湖面上缓缓移动，一阵清风拂过，淡淡的薄雾悄无声息地向四周散去，龙水湖就像一位清秀而含羞的少女，亭亭玉立于青山绿水之中……

湖边的小楼、农家的房屋、湖面上不时跳跃的鱼儿，小岛上浓密树荫下的情侣背影，犹如仙境一般。撑船的人告诉我："这几年这里变化可大了，像我一样的农民，也自筹资金买下这样的游船，一年收入真不少呢。"我听着他发自心底的话语，对他们自由而殷实的生活无比羡慕。

这时的龙水湖，在我的心目中，不再像不谙世事的少女般天真，而是多了一些成熟的韵味。近几年来，由于不断地开发，龙水湖畔已建起了三星级宾馆、温泉、度假村，还有重庆广电集团与县相关部门，正在湖畔投资修建影视基地。

3

多年前，在县文化单位工作的我，陪同《星星诗刊》主编、著名诗人杨牧去龙水湖。杨牧是我最崇拜的诗人，陪他不仅是工作，也是我十分愿意做的事。我们住在湖畔宾馆。宾馆近旁的湖边，停靠着近百只别致小巧的木舟，顶上搭着白色塑料布篷，舱内两侧装着木板凳，两舷用竹块制成靠背，竹靠背和木板凳都漆成红色，在碧绿的湖水映衬下，显得颇为美观。

午后，我陪杨牧老师上了游船。朴实的船工荡开木桨，载着我们朝湖心驶去。这里刚下过一场雨，此时雨住天晴，湖水显得格外青绿可爱。俯视湖水，鲜绿洁净，清凉得可照出人影。龙水湖真像一面明亮的大镜子，把周围的青山，把湖岸的房舍，把湖上的舟楫……统统映了进去。金色的阳光照在这巨大的镜面之上，湖水闪闪发光，龙水湖显得更加娇艳美丽。

游船在湖面慢慢地划过，撑船的人颇为得意地介绍着，他说："龙水湖四周被层层翠绿包裹着、装饰着，远处的道道青山是天然的绿色屏障，湖中的座座小岛更让游人陶醉。抬头可以看见玉龙山上的茶山、竹海、松林、果园……龙水湖的水为什么这样清澈呢？

是几十年来一直受到当地人民的真诚爱护与细致呵护，周围凡是有污染的工厂被一律搬迁，湖上不准行驶任何燃油的机动船，湖里的鱼虾是自然方式养殖的，湖面上没有修建任何大型的娱乐设施……"诗人杨牧听后十分高兴地说："这里真是美极了，可以与杭州西湖比美，如果说杭州西湖是'千金小姐'，那龙水湖就是'大家闺秀'！"

游船返程的时候，霏霏细雨又下起来了。密密麻麻的雨丝洒在平静的湖面上，龙水湖霎时变成了一张巨大的绿毯，我们的船儿好像在绿毯上滑行。横亘在湖边的一座座青山，此时被灰蒙蒙的雾气遮去了大半个身子，只露出山脚根的竹林和松柏，色彩有浓有淡，景物有虚有实，雨中的龙水湖显得空蒙而奇特，别有一番情趣。"水光潋滟晴方好，山色空蒙雨亦奇，欲把西湖比西子，淡妆浓抹总相宜。"这是宋代著名文学家苏轼颂杭州西湖的诗句，我感觉用在这里甚好。

中央电视台曾热播的电视剧《周恩来在重庆》中的许多镜头都是在龙水湖拍摄的。今天的龙水湖变得更具时代特色，花草树木郁郁葱葱，各种景点星罗棋布，旅游环境日新月异。阳光普照的人造沙滩、热气腾腾的温泉以及惊险刺激的人造冲浪、高台滑水、高空速滑、水上摩托等游乐项目让中外游客流连忘返。

有一天，我陪几个外地来的文友去龙水湖游玩。大家尽兴后，我们到龙水湖旁边的一个农家乐吃饭，没想到遇到了一个看起来很陌生、又似曾相识的女人，她是那家农家乐的老板。她也似乎认出了我，后来才知道，她就是当年陪我在龙水湖游玩的那位姑娘。她在我同学所在的那个厂打了几年工后，就借龙水湖的旅游资源优势，在龙水湖边开了一个农家乐，成了老板，而且这些年她的生意做得红红火火。

龙水湖是美丽的，湖面上那缓缓飘动的薄雾，让我充满无限的遐想。龙水湖也是浪漫的，那留在我记忆中的美好往事，像诗一样点缀着我的人生旅程。

四面山的雨

四面山的雨，与其他地方的雨好像不一样，朦朦胧胧、羞羞怯怯。细听有如小鸟在呢喃。我徜徉在美丽的山中，舒适又惬意。

我们来到四面山的时候，已经是下午了。刚才天气还晴好，突然就下起了小雨。按理说这夏天的雨应该下得很大，可今天这雨却像春雨一样下得小而细。我们在细雨中行走。一路上感觉空气非常清新，小雨洗涤了烦躁。远山变得朦朦胧胧，犹如怀抱琵琶半遮面的美人。

因为下着雨，我没到谷底看瀑布。十年前我来过，亲自体验了去看瀑布的艰辛。沿石梯下到谷底时健步如飞，沿路返回时却步履维艰。十年前，我没有这种想法，好像凡是好玩的地方都要去，更不怕爬坡上坎，仿佛爬得越高越有成就感。

我虽然没去水口寺看瀑布，但我却在上面看风景。雨虽下得不大，但细细的小雨却连绵不绝，雨丝从伞盖上滴答滴答地落下来，成为晶莹的飞珠，在身前身后飘落。道旁那茂密的山林，青青的草丛，清澈的溪流，都充满着一种静谧的美，超凡脱俗。山脊间都挂上了一串串水珠，这就是雨中山里独特的景观。

远处传来的流水声更似天籁之音。晚上，我们住在四面山的溪里客栈，我十分开心，这是我心里期盼了十年的事。

记得十年前，我来到四面山游玩。从未来过这里的我，却早早地在景区外面订好房间。可乘坐观光车进入景区时才发现，景区里还有这么好的农家乐，心想下次来一定要在这里住一晚，才算真正来过四面山。如今，这愿望终于实现了。这次是青木关滴翠文学社组织的采风活动，本来文友们好不容易聚在一起，都想晚饭后去四面山走走，感受一下这里美丽的夜景，可雨仍在下着，而且温度也低。大家只能坐在客栈门前的小桌旁，泡杯茶聊天，说些与文学有关的话题。是文学让我们走到一起，是文学让我再次来到四面山。此刻，四面山的小雨，让大家去尽情地享受这份难得的宁静。

这些年在城里生活惯了的我，格外喜欢雨。因为城里除了高楼就是大厦，天晴与下雨似乎都不影响大家的生活。雨就像是城市的过客，不管来还是去，都很少有人关心。晚上，我躺在床上怎么也睡不着，听着窗外淅淅沥沥的雨声，感觉到自己好像置身于世外桃源。工作的忙碌，生活的奔波，似乎都被这雨洗涤，留给我的只有绿得像画一样的树，还有静得像诗一样的夜……

听着外面美妙的雨滴声，我慢慢地进入了一种超脱世俗的境界，这才是惬意的人生。

第二天，我们一早就出发了，在导游的带领下前往土地岩景区。汽车在景区里的公路上奔驰，我们尽情地饱览那里美丽的风光。雨仍在下，车窗外的树仿佛更绿了。窗外的美景美不胜收，我无法用语言形容，只觉得雨中的四面山像一个含情脉脉的姑娘。到了土地岩景区后，尽管下着雨，文友们依然拿出相机照相，雨中的景色更有一种别样的美。

远远看去，红色岩壁蔚为壮观，在雨中，它似乎也显得有些羞涩，时隐时现，引发我们的遐想。大自然的神奇在这里得到充分展现。沿着台阶缓缓下去，看见一条溪流飞漱而下，形成一条瀑布，如一幅飘忽不定的银帘。有一个叫"一碗水"的地方，有一个陷进去的石碗积满清泉。导游说："喝上两口，回去就能生双胞胎。"尽管是个笑话，但大家都争相去那里喝两口水，感受泉水的甘甜。土地岩被誉为"亚洲第一岩""天下第一岩"，因独特的丹霞地貌成为宝贵的世界自然文化遗产。

当我们到大洪海景区坐游船时，雨停了。虽然是初夏，天一点儿也不热，又因才下了一场雨，空气清新，景色迷人。我们坐在游船上，看着两边的湖畔，美景皆在眼前。

大洪海是 1970 年洪海村人响应毛主席兴修水利的号召，筑坝蓄水，拦截头道河形成的大洪海水库。大洪海全长 6850 米，最深处约 12 米，蓄水 310 余万立方米。船在水面上缓缓行驶，荡起层层波浪，惊飞了水鸟。一只只白鹤栖息在岸边的树梢、竹枝上。两岸是绵延的青山，郁郁葱葱；湖中的小岛上面长满了竹子，开满了桃花，岛上还有休闲山庄。导游给我们介绍，大洪海留下了许多美丽的传说。沿途可以看见红军桥、红军寨，这是当年红军留下的历史遗迹。还有太子洞，恐怕也与某个传说故事有关吧。也许还有更多的传说，留给我们更多的想象空间。

船行到大洪海尽头靠岸，我们步行去界碑游览。这是重庆与贵州的交界处，这边是重庆江津，那边是贵州习水。一次游览，横跨了川渝黔三省（市），感觉很有意思。这里保存了三通界碑，一通是清代的，可惜遭破坏；一通是四川省与贵州省的界碑；还有一通是重庆成为直辖市后立的渝黔界碑。

随后，我们又去了望乡台看瀑布。下车后，沿着一条河沟步行，清澈的溪水潺潺流淌，唱着欢乐的歌。有游客下到河床，与溪水亲密接触。岸边是一条木板铺成的步道，走在上面，赏着美景，十分惬意。因为刚下了雨,瀑布水量充足。望着瀑布,我不禁想起李白的诗:"飞流直下三千尺,疑是银河落九天 。"溪旁有两块大石,镌刻着"望乡台""华夏第一高瀑"的字样。这里聚满了游人,争相拍照留影。我们穿过相思桥,沿着山间小道慢慢向瀑布靠近。

走到瀑布正下方,可以看到瀑布的隧道。从瀑布的隧道近距离观赏瀑布,眼前的瀑布如银龙扑海,似白玉飞絮,水声如雷,气势如虹。往下走时,水花溅在身上,凉丝丝的。瀑布下有三块巨石,经亿万年沧桑岁月,形成奇特的"望乡三叠"。沿瀑布下的溪流返回,沿途也有无数的景致,我们一边慢慢欣赏,一边向观光车搭乘点走去。

这时已近午后,太阳从云朵中探出脑袋,我凝望着印在水底的山峰、蓝天、白云发呆。

也许是因为下过小雨,让我们这次四面山的采风活动变得十分有意义,让我自然地与十年前来四面山的那次游玩联系在一起。我想,再过十年我们再来四面山采风,要是同样也在下着小雨,那时我们又是怎样的一种心境呢?

读石马

1

　　如果把石马镇当成一部书来读，应该读它厚重的历史，还是秀丽的自然风光？

　　一生爱读书的我，把什么都当作一部书来读。读山、读水、读雨、读树……想读出一些人生感悟，更想读出一份闲情逸致。可石马却不知从哪里读起，还好，因为我姑姑家在石马镇的石门村，我从小就对石马有了一些记忆。不管年节还是姑姑的生日，我都嚷着要爷爷带我去，在我的记忆中，当时去石马就是我最远的旅行。记忆中，石马镇街不大，就那么两条老街，沿街低矮的房屋在视线的尽头延伸着。老街那被踩得光溜溜的石板路，在拥挤的人流中，消失在如烟的岁月里，反射出厚重的光芒。

　　那时的石马镇就是我梦中的"仙境"。到姑姑家，大人们总要带着我去石马镇上逛。那时，石马在我心中，就像记忆中的连环画，看不懂书上的文字，理解不了画里的内涵，只能从一幅幅图画的表

144

面看色彩。古老的房子、破旧的街道、窄窄的几条街一会儿就走完，没有什么值得想象的，更没什么值得留恋的。石马，似乎跟所有的小镇一样。

长大后，我经常去姑姑家，才对石马有了更深的了解。石马镇因乾隆皇帝乘御马到此访贤而得名，人文旅游资源及自然旅游资源极其丰富。境内有世界文化遗产大足石刻的组成部分石门山石刻、多宝寺石刻、明真武祖师摩崖造像等，以及重庆市级文物保护单位马跑天主教堂。这些名胜古迹增强了石马镇的文化底蕴。

如果石马是一部书，那石门山石刻和天主教堂就是书中最重要的篇章。我可以想象出，古人用饱含激情和智慧的手笔，将精美的造像刻在崖面上，这是多么伟大的创举。石门山石刻开凿于北宋绍圣元年至南宋绍兴二十一年（1094—1151年），其中最著名的是三皇洞，窟内的正壁主像为三皇，均端坐于龙头靠背椅上，天皇居中，地皇和人皇在其左右。三皇均头戴通天冠，项下系有方心曲领，胸前捧玉圭。石门山石刻表现了宋代精湛的雕刻技艺，造像神态自然，栩栩如生，精妙绝伦。马跑天主教堂原名石马真原堂，是天主教重庆总教区真原堂的分院。中西合璧的建筑群恰到好处，庭院幽静，古树参天。马跑天主教堂是清光绪年间，由法国的杜、孟两位神父修建的。教堂内有水池、平房、木楼、地下室、来宾楼。教堂经历数次修葺，仍保存完好，尤以钟楼、正经堂、圣母亭最为著名，其中高 36 米的钟楼是天主教堂的标志性建筑。

2

前不久，我去石马采风，探寻小川东道上的足迹。小川东道也称川东古驿道，途经石马境内的扎营坳、黄岭垭、小坳，全长 400 余公里，是成渝间最近的一条通道。那条落满历史尘埃的石板路，是古代川渝两地用于传递文书、运输物资、人员往来的通道，是历史上昌州地区对外经济往来、文化交流的通道。也许就是这条古道给石马带来了一度的繁荣，古道边的茶馆、酒馆、客栈生意十分红火。每天络绎不绝的人群，从小川东道经过大足，使大足获得了空前的发展，并孕育了辉煌灿烂的大足石刻。小川东道是川渝历史发展的重要缩影和文化的延续。

当我站在高高的扎营坳，沿着古道延伸的方向眺望，古道上嗒嗒的马蹄声，挑夫的吆喝声，来往行人的脚步声早已消失。只有幽幽的古道在静静地述说着这里曾经的辉煌……当我行走在这条历经岁月沧桑的古道上，才发现古道是那么浑厚、那么苍凉。走着走着，我的脑海里出现了这样的画面：青山绿水间，房舍炊烟袅袅，茶社酒肆人声鼎沸；路上，商贾、挑夫等往来不绝……

读罢石马的历史，再来品品它秀丽的自然风光。读水，是享受一份宁静、一份柔美。跃进水库，这个昔日只用于灌溉的水库，今日却成为石马新的旅游景点。我们站在水库旁，湖水清如明镜，倒映着蓝天白云、青山绿树，美不胜收，让人仿佛走进画绢之中。"水光潋滟晴方好，山色空蒙雨亦奇。"苏轼用来描写西湖的句子，用来咏叹石马跃进水库，同样贴切。一湖碧水，和风送爽，目之所及，皆是美景。偶有人泛舟湖上，景与人遂成为一幅动静相宜的山水画卷……在保护好水质的前提下，近期石马镇将推进跃进水库三环七湾五码头建设，修建环湖人行步道，开发游湖项目，推出湖畔果蔬采摘、湖上休闲垂钓等旅游项目，让都市人亲近自然，远离都市喧嚣，畅享慢生活。

3

读山、读水，读出石马的山水诗意；读人文、读变化，读出石马的日新月异。石马镇有"三宝"：石门山石刻、石马真原堂、跃进水库。其中，最宜于激发诗人灵感的是石门山石刻。险峻的石门山保存的石刻规模虽不宏大，但每一尊都精妙绝伦，且独具意象和魅力。著名作词人庄奴，来到这里逸兴遄飞，写下歌词《石门山上看石门》，"石门山上看石门，走过石门谢石门，有形门，无形门，善人善行开善门……"穿越千年的文化、巧夺天工的石刻，让人思若泉涌，都在诗人的笔端生动呈现。

如今的石马，不仅仅是一部厚重的书，也是一篇优美的散文，让人读起来身心愉悦；更是一首充满激情的抒情长诗，激发人们为实现中国梦而努力奋斗。这里的山虽然不高，但青；这里的水虽然不长，但美。这里的乡村是静的，景更是诗情画意般的。有了山和水，才言山清水秀。画中的水，水中的画，是那样富有诗情画意；山中的情，情中的诗，是那样的情意绵绵。

居住在这里的人们，喜欢这里的一山一水，喜欢这里的一草一树。因为这里是个远离喧闹、远离世俗纷争的小镇。听那些鸟语，闻那些花香，让人们的生活惬意而悠闲。姑姑家早已住在石马镇了，她家的房子共100多平方米，装修得很好，三个朝南的房间，一个大客厅……不像以前石门的老房子，破损的穿斗墙挡不住风，房上的瓦遮不住雨，出门是泥路。现在姑姑的儿子在重庆买了房，叫她和姑父去重庆住，他们说什么也不去，坚持要住在这里。姑姑说："石马比重庆好，空气清新，早晚还能和同伴们跳坝坝舞，这才是我最好的晚年生活……"

读石马，虽不是读一部时代的经典著作，却读出了一个鲜活而美丽的小镇，读出了一个发展与奋发的小镇。石马镇依托优质的旅游资源，正在打造特色旅游风情线，将以"一湖山水"为生态基底，挖掘"石门山石刻"，东方艺术经典"马跑天主教堂"，特定历史风情、唐赤英红色故事三大文化，开发以"山水田园"为核心，以户外运动、文化体验等为主要形式的旅游目的地，着力把石马镇石门村、太平社区打造成富有田园气息、文化气质、浪漫气氛的"山水璞玉"综合型特色村。

读石马，让我读出了特色文化小镇的气质，读出了山水田园小镇的风韵。石马，我读得还不够深入，还需细细品读。

小镇记忆

　　对小镇的记忆，源于我小时候偶尔去镇上的姑姑家小住，所以对小镇难以忘怀。

　　小镇距离我家 10 多公里。连接我家和小镇的是一条弯弯的石板路。小镇的集市虽说不是必赶的油盐场，但每个赶集日，还是有很多人沿着那条被踩得光溜溜的石板路去小镇赶集，给小镇增添了几许热闹和繁荣。也让我的心里充满着对小镇的向往，向往着山环水绕、石桥拱立、古树参天、人来人往的小镇。我总是趁爷爷偶尔去小镇赶集之机，或利用寒暑假，去镇上的姑姑家住上几日。每次小住都使我不但感受到小镇的繁华与古朴，而且还感受到小镇的浪漫与神秘。

　　住在姑姑家的我，时常跑到镇上去玩。小镇那古朴的房屋，那瓦房上饱经风霜的瓦，似乎在诉说着小镇久远的历史。有时我也跑去码头上的茶馆听评书，我虽然听不懂在说什么，但因为说书人的激情洋溢而动情。也曾站在那窄窄的街道上，听流浪街头的艺人粗犷凄凉地歌唱，周围的男女老少因同情而流泪。也跑去那环绕小镇的清清的小河边，看洗衣的少女用心地捶洗衣服，看垂钓的老翁静心地垂钓，看白鹤和水鸭在水中追逐嬉戏，看木船在水中缓缓驶去……

过去，小镇堪称水乡，不知是小镇喜欢水，还是水喜欢小镇。一条清清的小河环镇而过，为小镇留下了欢乐，带走了小镇的悲伤；见证着小镇的兴衰，目睹了小镇的风华。每逢"三六九"或"一四七"的赶集天，山里人有的挑着稻谷麦子，有的背着丝瓜南瓜，有的提着鸡鸭鹅，从四面八方向小镇涌来。

于是，窄窄的小镇上，担箩筐的、背背篓的、推自行车的，你挤我，我撞你，将本来就不大的小镇挤得满满的。不一会儿，左边的农贸市场，鸡鸭鹅一声接一声地叫个不停；右边的牛市、马市，讨价还价声一声高过一声；上场的肉市，肥瘦相间的肉泛着油光；下场的茶馆，各种奇闻轶事被形象而生动地演绎着……

小镇上最耀眼的，还是那沿街店铺里花花绿绿的商品，高清彩电里的明星，让人看得心动；最新款式的衣服，人见人爱；最新出版的"云南山歌碟"，歌声婉转动听……这些就像漂亮的衣服，把小镇打扮得更加美丽迷人。

对山里人来说，这些东西可买可不买。如果手头有钱，再贵的东西只要是用得着的，一咬牙高兴地说一声"买"就可以把时尚搬回家。如果手头紧没钱，出于好奇也会去看看、去问问，图个新鲜，看个稀奇，店铺里的老板也不会说什么，买与不买是一样的热情。如果现在不买，至少心中也有个数，等秋收后卖了农产品再来买也不迟。

最热闹的是小镇的茶馆。茶馆似乎变成了大家聊天的场所，他们只要往茶桌前一坐，五角钱一碗的盖碗茶便端上来，揭开盖子一看，嫩绿的茶叶还在水中旋转，随即一股清香扑鼻而来，呷上一口，连声赞道："好茶！"这声"好茶"作了开场白，随后你一句、我一言就说开了，天南地北无所不谈，天上人间无所不论，各抒己见，高谈阔论。

在茶馆里聊天，不分男女老少，谁也不问他人的身份、地位，谁也不拟定聊天的主题，有什么说什么，想到什么就说什么。在大家的自由发挥中，仿佛无形中也有一个共同的主题，多半是本镇或外地新近发生的事。对好人好事大家赞扬，对为非作歹的事大家抨击。

小镇上的茶馆，就在这种自由灵活、无拘无束中，在那些永远也谈不完的话题里延续了下来。它以一种特殊的方式传承着小镇古朴典雅的"文脉"。小镇的多少传奇，人世间的多少真善美，都在小镇的茶馆里流传着，就像人间烟火，让小镇生生不息。

在小镇上，最紧俏的还是油盐酱醋茶之类的商品。不论小镇的哪家店铺，都常备着这些小商品。

仿佛只有小镇最了解山里人，山里人需要的东西在大城市里不一定有，可在小镇上都能买到，比如化肥、农药、种子、饲料。如果谁家的亲戚满十，还得去小镇上买块匾，扯上几尺布，外加几斤糖。谁家的老人去世了，也得去小镇上买个花圈……小镇因山里人的高兴而高兴，也因山里人的忙碌而忙碌。

最有趣的是，小镇是一个谈婚论嫁的好地方。哪家的闺女长大了，还没找上对象，哪家的儿子已长成一条汉子，还没找上媳妇，在小镇上就可以了解得一清二楚。如果有中意的，找个"媒人"一介绍，下个赶集天来镇上见见面，如果双方没意见，这桩婚事就成了。如果哪一方有意见，这桩婚事谈不成也没什么，反正都是赶集，像什么事都没发生一样。

最让人高兴的是，小镇也是化解矛盾的地方。大家发生争吵，闹了矛盾，最先想到的不是上法庭，而是上街请人调解。不管在街边还是在菜市找一个双方都信得过的人，三劝两劝，再大的矛盾也会化解，双方握手言和后还会说一句："喝酒去，今天我请客！"

小镇在油盐酱醋茶的生活气息里，充满生机与活力；在不加修饰的、动听的叫卖声中，延续着人间烟火；在不断更新的衣服款式里，演绎着时代的变迁。如今，小镇最繁华的地方是新街，那条昔日最热闹的老街变得很安静，像一个饱经沧桑的老人，默默地注视着小镇。

在那条老街上，老人们迎着初升的太阳，不约而同地来到茶馆里，泡上一碗茶，然后一边喝茶一边聊天，有滋有味地开始着他们新一天的生活。他们中的大多数人都是这条街上很有名望的手艺人，有打铁的铁匠，有编篾货的篾匠，也有做木工的木匠……他们都曾因老街的繁荣而风光过。

失去了往日繁华的老街，显得特别清闲且寂静。小鸟们在街上跳跃着、歌唱着，古老的木桌、木凳点缀出老街的古朴。唱几句京戏，哼两声戏曲，让老街变得悠闲而惬意。老人们又开始重复着每天的话题："当年我打的镰刀、菜刀，那是用上十年八年都一个样！""当年我编的箩筐、背篓现在无人能比！""当年我做的家具，远近闻名！"

说的虽然是一些每天都在重复的老话题，但他们饱含深情的讲述，如照在老街上的阳光一样，每天都充满着崭新的色彩。后来姑姑搬去了县城，好多年我都没去小镇了。前不久，小镇的那条老街申报市级文化小镇，由于工作需要我又去了小镇。

小镇依然古朴，但却多了一种典雅和端庄。除了保存完好的古建筑，那远去了的说书人的声音、流浪街头的艺人粗犷凄凉的卖唱声，似乎还在我的耳畔回响……

读 山

1

　　我喜欢像读史一样读山，读出山的神秘与厚重；也喜欢像读诗一样读山，读出山的悠闲与淡然；更喜欢像读词一样读山，读出山的豪放与大气。

　　那山仿佛一年四季都呈现着嫩绿的色彩，山上的树木仿佛从来不会落叶似的，给人的感觉是四季常青。有时，山上的树彰显着一种粗犷的阳刚之美、沧桑之美、狂野之美。有时，山上是灰蒙蒙的，显得沧桑荒凉，那笼罩在山顶的白雾，有意装扮出山的神秘与深沉。如果遇到好天气，看山可看得格外的真切，不管是石岩还是树木，不管是绿草还是峭壁，都层次分明，深浅不一，疏密有致。

　　小时候，我总是站在院前看山，我家院前对着的那座高高的山，总是不停地变幻着，像变魔术一样。早上起来，山被白雾笼罩着，雾气缭绕，白茫茫的一片，让人产生如梦如幻的联想。我总是想象着山上是不是住着白娘子和七仙女，那白雾也许就是她们的长裙。

长裙时常飘在山间，也出现在我的梦中。太阳出来后，山上的雾气散了，山上的树木和秃着的山顶都显露出来了，但有的地方忽隐忽现，那些阴暗且看不太清处，时而看起来像一条奔涌的河，时而看起来像一座静静的庙，时而看起来什么也不像。看来看去，总也看不清到底是什么，想什么它就像什么。

不知是我对山的喜爱，还是出于童年时的好奇，没事时我就静静地看着山。山上那些茂密的林木，长出了片片青翠，形成了更好看的风景。我想着山是不是从小山一天一天长成大山的，想着那山上的树如何从石隙中钻出来长成一棵棵高大的树。那山上的石头，是怎样钻进山里去的，而且还在山里埋得这么深。尤其是那山上露在外的石头，形状各异，它们是从哪里来的，又怎么每天都在那里不动呢？也看着山上的树有高有低，那些高低不一的树，看起来也像房子，那房子是不是比镇上那些房子还要好看呢，房子里住着什么人呢，是不是住着爷爷故事里法力无边的孙悟空，还有那漂亮的女妖怪呢？看着想着，我觉得那山又变得遥远而缥缈起来，心里对山也充满了敬畏。

十来岁后，我每天不是到那山上割草就是放牛。初春，暖暖的阳光照着大山和小山村，山村里充满欢乐与笑声。在这美丽而充满着梦幻色彩的阳光下，山上的树木都长出了新叶，花朵五颜六色的，半山腰的草坪也长得青青的。远看，大地上春意正浓，山上的春意更浓，微风中夹杂着花香、草香；近看，刚变绿的小草在微风中摇摆着身体，像一个个顽皮的小孩，露出了灿烂的笑容。

每天早上我牵着牛去山上，把牛牵到树林边的一片草地后，我们一起放牛的几个小伙伴就尽情地玩了。因为这山上没有庄稼，除了树林就是草地，牛再跑也跑不了多远的。我们不是拍烟盒纸就是玩捉迷藏，但玩捉迷藏的次数多，因为树林里好藏人，只要藏得好是没有人能找到的。有一次，一个与我们一同放牛的女孩，在与我们玩捉迷藏时，被突然从她身边跑出来的一只兔子吓哭了。

下午放学后我们去割牛草，山上也是最好的去处。由于山高，平日里那些年老一点的和忙活的人一般不上山割草。而我们小孩爬起山来像猴子一样快，没几下就爬到了山上。山上的草长得青青的、嫩嫩的，割起来很上手，没一会儿工夫就能割满满的一背筐。然后我们唱着歌，快乐地背着草下山回家。

秋天，山上更是留下我们攀爬的足迹。山上野生的刺梨、红籽籽等果子成熟了，我们把牛暂时拴在树上，自个儿爬到山顶去摘野果子吃。有的小伙伴天生胆小，最怕野果上的刺，每次都是我摘下来给他们，他们都吃得十分开心。后来，他们都干脆不上去了，就在下面等我给他们摘果子，他们看着我一步步爬上去，又眼巴巴地等着我摘果子回来。当看到我摘果子回来时，总是向我挥着手欢笑着。

2

上初中时，我依然喜欢看山，觉得那山静谧迷人，只要看着它就赏心悦目、心旷神怡。那山上除了树木、草坪外，还有奔流的小溪、深邃的山谷、葱郁的山峦，那里有我想象中的风景和梦想。总觉得山有一种说不出的浪漫。也时时幻想着班上一位漂亮的女孩说不定哪天就会从山上走来，或者她也像一朵云一样在山间飘浮，直到轻轻地飘进我甜美的梦中。

那山上除了一部分树林外，其余的草地全被开垦成了耕地。在土地划分到户时，谁也不想要山上的地，队里就按人头分，我家也分得了一些山上的地。种山上的地是很费力的，虽然不像种山下的土地一样精耕细作，但也得去种。挖了红苕后就得种麦子，收割麦子后又得挖苕箱栽红苕，周而复始，山上地里的活儿一年四季都有。尤其是挖红苕，挖不了多远就是满满的一挑。红苕挖出来就得一挑一挑地挑回去，一天走一两次还行，走的次数多了就累得吃不消，但还得咬着牙干，一次又一次地挑，直到把红苕全部挑回家为止。

在山上种地也有乐趣，沿着那条山路喘着粗气往上爬，爬累了就坐下来歇歇，有时同上坡干活的人说说笑，有时就静静地坐会儿，感受一下山间的宁静。在山上干活时，时不时往下看，整个村子都一览无余地展现在眼底。如果再抬头仰望，山顶上如细玉带般飘下来的山溪，更是美丽迷人。口渴了就走过去用手捧着喝上几口，沁人心脾。有时干活干累了，也在山溪边坐坐，那山溪飞流而下积的深潭，犹如天然泳池，清澈见底。在绿树的掩映下，潭水碧绿，绿得静谧。偶尔有微风吹来，水面泛起一圈圈水波，又很快恢复了平静。

在那山上种地，比在田里打谷子还忙。母亲早早地起来准备早饭，还要准备好午饭带到山上去吃，全家人都得出动。那时我正在上初中。每次不管是挖红苕还是收麦子，父亲都得等到星期天才上山去干活，因为星期天我和弟弟妹妹都在家。我力气大点就挖和挑，弟弟妹妹就用背篼背，莫看我们干活力气不如父母，但有我们几兄妹帮忙，还是快得多。

这样，不管是挖红苕还是收麦子，那山上的几块不小的地，要不了几个星期天就干完了。说来也怪，虽说那山上的地远，可谁家的地也没荒着，而且有的还为挖土边争地角而吵架。那山上的土，不管种的啥农作物，从没人挑过粪上去，也没人认认真真地除过草或施过肥，只是随便用点柴灰、地渣等肥料，种下的不管是红苕、洋芋，还是麦子、豆子，年年都比山下土里长得好，年年都比山下地里收得多。

由于山上的地太远，种粮食也累。有人在山上栽起了果树，做成了自家的果园。我父亲也心动了，想在那些土里栽上橘子树，变成果园。说干就干，父亲起早贪黑，在那地上刨出了一个个树坑，然后又在树坑中灌入了一些从别处运来的肥土，算是给果树建了一个个小家，然后买来橘子树苗栽下。为了照看这片果园，父亲就在果园旁建了一个草棚。从此，父亲以那果园为家，吃住都在山上，精心打理果园。果树长得很快，两三年时间，一棵棵果树整齐地排列着，茁壮地伸展着枝叶，微风拂来，绿叶摆动，为大山增添了几许生机与活力。

金秋是橘子成熟的季节，我家果园里的橘子树上也挂满了橘子，一棵棵橘树被沉甸甸的果子压得低下了头。熟透了的橘子有黄色的、橙色的，和橘树绿绿的叶子形成了鲜明的对比。而有些绿色的橘子，也许是还没成熟的缘故，藏在枝叶间，像在玩捉迷藏，不易被发现。微风吹过，它们也禁不住欢快起来，在阳光下跳跃着、闪动着。

随后，我们全家也像在山上挖红苕和收麦子时一样，大人用箩筐挑，小孩子用背篼背，把熟了的橘子先背回家，然后父亲就在每个赶集天背着橘子去镇上卖。虽然辛苦，但也能为我们增加一定的经济收入。全家人干得热火朝天。

3

后来，村里人都纷纷外出打工，山上那些果树也没人管理了。我家的果园也一样，干不了重活的父亲也不再管理那片果园。没人管理的果树一天天被杂草覆盖，有的枯死了，有的懒懒地长在地里。相反其他的树却长起来了，又变成一片山林。这一片山林成了鸟儿栖息的地方。

每年开春，从山上传来小鸟欢快的歌声，叫来了春阳，叫醒了大地，唱红了花朵。每当农田犁耙水响，一片忙碌时，鸟儿便追在犁后翻转的泥土上啄食泥鳅、蚯蚓，高兴了就跳上田埂欢唱着。过了清明，布谷鸟就"布谷——布谷——"地催促着村民撒谷播种。一粒粒种子播下后，鸟儿便像山里人一样，守护着、等待着种子发芽。初夏，每当太阳落山，鸟儿更是不停地欢叫着，声音高低起伏，韵律变化多样，像用歌声唱出对收获的渴望，用歌声唱出对田里长势良好的庄稼成熟的期待。秋天，也许因为收获的欢愉，鸟儿们的叫声更加响亮，歌声唱响了秋天、唱响了收获、唱响了丰收的喜悦。

在县城生活了多年的我，每次回乡下老家，总是坐在院坝望着那山，觉得那山格外的亲切。这时的山就显得巍峨、高大，更有一种超自然的宁静、淡然。我凝望着大山，静默无语，工作或生活中不如意的烦心事，被从山间吹来的清新而自然的风吹走了，心里一下轻松了，尽情欣赏山自然、野性、粗犷的美。如果遇到下雨天，雨水洗涤尘世的喧嚣，树木静默，淡淡的薄雾飘浮在山间，有一种别样的美。

每次看山，都是在聆听山上的风与树林亲切地交谈，在倾听大山那豪迈而酣畅的歌声，在追寻大山与山里人那纯洁而质朴的情感，在感受大山那粗犷而博大的胸怀……

李子花开

1

阳春三月，又是踏青赏花的好时节。今年，我没去外地赏花，而是到大足老家观音岩看李花。这里的李花竞相盛开，把乡村装扮得格外美丽。

也许是这里离大足城近，趁着春日暖阳好天气，人们纷纷来到老家观音岩赏李花，感受醉人的春色。一眼望去，漫山遍野的李子花，洁白无瑕，远望如同白雪落树，把观音岩村打造成了仙境。游人们纷纷穿梭在李子林，徜徉在花海之中，近距离欣赏李子花的形态，呼吸乡村清新的空气，饱览自然风光，领略美丽乡村建设成果。

此时，看花的人很多，小孩子们打打闹闹、蹦蹦跳跳；年轻人、中年人三五一群，说说笑笑；老人们则边走边歇。路边农户家的墙壁上，绘着极富生活气息的画，农宅里的村妇笑呵呵地忙着做凉面，以便摆摊售卖。农家小孩则三三两两推着车，售卖小玩具。遇到有小孩子买玩具，他们还示范玩具该怎么玩。

虽说走了老长一段路才看到花，不过，这一路上人来人往，倒也热闹非凡。这李子树的每一根枝条都缀满一簇簇的花朵，花都挤在一处，谁也不肯让着谁，都要将自己最美的一面展示出来。李花虽然与樱桃花同样是白色的，但细细地看，却又不同。李花绿色的花萼清晰可见，樱桃花的花萼没那么明显。李花的花蕊是嫩绿的，樱桃花的花蕊是洁白的。

我突然记起苏轼那句："嫣然一笑竹篱间，桃李漫山总粗俗。"真希望桃花与李花不要生气才好。其实，所有的花都各有千秋，都各有各的美丽。如满天飞雪般的李花，便是一道亮丽的风景线，"才下枝头白复回，繁花似雪并春开"说的就是李花盛开时的景象。这千亩李花林，洁白的花朵纤尘不染，美得让人陶醉。

记得我乡下老家院前也有一棵李子树，不知是哪时栽的，但那大大的树看起来有一些历史了。听爷爷说这树比老屋还要老，老得像我记忆中的爷爷一样，发皱的树皮像爷爷的脸，饱经岁月的沧桑。春风中，那枯了的枝条上又长出新枝，年复一年，这棵树似乎一直这么高大而茂盛。

每年开春，李子树上悄悄地冒出了尖尖的叶芽，嫩嫩的、绿绿的，一簇、两簇、三簇……不经意间，叶芽偷偷地舒展开身姿，一片、两片、三片……枝头上也总有几朵青青的花蕾，小心翼翼地从一簇簇的叶子中大胆地探出头，先是一株一株地探试，然后就绿了一树。

百草发绿百花盛开时，李子树显得那么淡然、那么谦逊，从不争春似的，总以一种含而不露的姿态等待着还未离场的蜡梅花姗姗离去，看着迎春花一夜绽放，又在桃花不甘示弱地露出笑脸后才慢慢地开放。过不了几日，花蕾们便争先恐后似的，你一朵我一朵地竞相开放了。

花中伸出长长的花蕊，金黄色的柱头在料峭的春风中，犹如含情脉脉的少女，向人们频频点头；然后就恣意地、轰轰烈烈地、灿烂地开满了天地，晶莹剔透，洁白而热烈。

2

观音岩那大片大片的李花，将整个村庄染成了白色，让人不由得想到李复那句"桃花争红色空深，李花浅白开自好"。那天，我去时正赶上"天下大足·醉美乡村"2021年春季农旅文商和24节气特色活动启动暨"老家·观音岩"春风桃李文化旅游节盛大开幕。

非遗表演、旗袍走秀、精彩杂技……让我过足了眼瘾。身着汉服的姑娘们比这如雪的李花还要亮眼。区里全年活动以24个传统节气为线，分为"春、夏、秋、冬"四个季节和"四大主题"，每半月都会举办一场有特色、接地气、有主题的活动，吸引更多游客"来足、游足、住足"。在我看来，这是一个非常有意思的活动，意味着每一次来到大足，都能感受到不同的节气氛围。月月有活动，季季有花赏。

在赏花之余，还可以体验各种互动项目。主舞台一旁的风筝绘画DIY体验区吸引了众多小朋友参与。爱美的姑娘们则聚集在国风主题区，体验汉服的独特魅力。还有古风乐器演奏、VR无人机云互动等，传统与时尚碰撞，文化与科技结合，让游客们玩得尽兴。

除了原生态的自然风光和漫山如雪的李花，观音岩附近的耍事（方言，好玩的意思）也不少。古刹宝林寺、千年写字崖、古驿道、千年梨树王、观音庙等都值得一去。其中千年写字崖很有特色，千米的石崖，被藤蔓和荆棘遮掩，各种碑文、题记隐藏其中，最出名的要数"忍"字崖了。

春意归，风拂槛，花开遍地，香飘十里，群芳艳白意争春，堪得蜜蜂勤酿蜜，花间四处寻馨香。暖阳当空，春风得意，群蜂飞舞，追逐一抹暗香。李树上白花点缀，绿叶陪衬。

记忆中，每到我家院子里的李树开花时，那洁白的花瓣裹着淡粉色的花蕊，在微风中轻轻摇曳，飘着阵阵清香，每一片花瓣都如一个婀娜多姿的少女，娇羞中带着一点调皮，悠然中更有一种优雅和含蓄。总有许多小伙伴来树下玩，一会儿去嗅那迷人的花香，一会儿用李子花枝编成帽子戴在头上，一会儿在飘落的白花瓣中翩翩起舞……淡淡的幽香，亲吻着每个小伙伴的脸颊。

　　这时，总会引来爷爷的吼声，他怕我们弄坏树枝和树上的花朵，因为这李子树在爷爷的眼里就是"摇钱树"。那时全家人的日常开销，都得靠这树上的李子熟了后卖的钱来维持。可我当时不懂这些，在爷爷一阵吼声后，小伙伴都跑了，可过几天他们又继续来玩，李子树下就成了我小时候的乐园。李子花就这样在初春时节开放，开放的花朵慢慢孕育她的生命，也构筑着爷爷的希望与期待。

　　夜晚，明净如水的月光照映着小院，四周显得宁静而充满春天的气息，田野里时不时传来蛙声和小鸟的叫声。难以入眠的我，总是站在小窗前，而小窗外恰好就是那棵李子树。这时的李花变得特别的白，像在牛奶中浸泡过一样，那淡淡的芳香也在风中飘散。我幻想着有李子花一样的女孩走进我的梦中，明亮的眼睛里含着柔情，美丽的微笑里充满着暖意，装饰着我一个又一个梦。

3

　　李花颜色雪白，单层的花瓣，薄如蝉翼，滑如丝绸，小小的花蕊点缀其间，花朵成簇开放，缀满了枝头，绽放在金黄的油菜花田旁，竟也绚丽夺目。游人们看不够似的，大家纷纷摆出各种姿势拍照，想留下这精彩的瞬间。我也看了很久，总觉得这李花好看，总想找出写作的灵感，更想找到诗里的意境。

　　这时，天空中下起了小雨，纷纷扬扬的李花在春雨中飘扬着，嫩白与浅红相间的花瓣，张开翅膀，飘向地面，地面积着厚厚的李花，像一块天然的花地毯，清雅美丽。我没带伞，只能置身于李花雨中，李花雨落到我的头上，一阵清香扑鼻而来，让人如痴如醉。李花是朴素的，它没有桃花鲜艳，没有梨花盛白；李花是平凡的，虽不能跟名贵的花草树木相媲美，但它却有另一番美，清雅脱俗，是一种原始的美，不加任何修饰的美。

当然，在欣赏李花的同时，我回想起李子成熟的味道，那是童年的味道，更是乡愁的味道。院前树上的李子熟了，挂满一树，让从这儿路过的人无不嘴馋，但多半只是看看，从没人伸手摘李子。爷爷把一些熟透的李子放桌上让我吃，我看着红褐色、亮晶晶还沾着露水的李子，拿起来一闻，真香！用手一摸，软软的，我恨不得一口吃下去。

母亲进来了，用宠爱的眼光看着我说："李子是爷爷早晨刚从树上摘下来的，这是最先熟透的果子，他舍不得吃，看他多疼你。"我听母亲这样一说，吃着李子，总有一种甜甜的味道。我还背着爷爷偷偷地爬上树摘过一些李子，悄悄地放在书包里，在上学的路上分给一同上学的同学们吃，而且还在同学面前炫耀，我家的李子树如何如何大，我家的李子如何如何好吃，引来同学们羡慕的目光。

李子真正熟透后，也会随风坠落。爷爷怕伤了坠地的李子，提前把李子树下的杂草割掉，剩下短短的草根。草根毛茸茸的好像老爷爷的胡碴，熟透的李子落在上边既不会受伤，又便于寻找。每天早晨我们几乎是全家齐动员，每人一个筐，在李子树下一字排开，捡落到地上的李子。基本上每天都能捡好多斤，父亲就把选好的李子拿到街上卖掉贴补家用。

不一会儿，雨停了，在桃花红得耀眼的花丛中，在油菜花那耀眼的色彩下，李子花那洁白的花朵，仿佛只是一种陪衬，就像一片绿叶，或许就像花园里的一朵小花，不那么显眼，也许会被人遗忘，

163

但它仍以自己的方式开放，而且开得自由自在。嫩如雪絮的花瓣，在微风中微微颤动，淡淡的幽香沁人心脾，白色的情愫沉醉了游人的梦……

读春

1

当拂面的春风送走了寒冷，暖暖的阳光洒满田野，沿河的柳枝上便长出新芽，山坡上的草开始变绿，躲在房里烤着火的我，唱着歌儿跑去山野，感受着这如梦的春天。春天仿佛是大自然的恩赐，沐浴在和煦的春光里，沉寂的心就开始躁动起来，冰冻了一个季节的思绪也像一潭荡漾着涟漪的湖水，泛起柔和的波光。

春天总是给人一种蓬勃向上的激情，总是给人一种难以言喻的欢愉。记得我小时候，常约一些小伙伴到高高的山坡顶，去感受春天、去观赏美景。站在山坡顶，仿佛天空变得格外美丽，空气变得格外甘甜，大地透着若隐若现的新绿，心情无比的舒畅。一年之计在于春，在这万物复苏的季节，我好像走进了如痴如醉的梦境中，默默地望着远方，想着朦朦胧胧的心事，仿佛梦想中的明天就像这春天般美好而绚丽。

有时，我与小伙伴到山坡上割草，看到绿绿的草，绚丽的花，

165

便陶醉在春的美景里。我们一会儿在草丛中奔跑，一会儿在山顶上唱歌。我们从这山跑到那山，哪里是在割草，分明是在踏春。跑来跑去，一阵欢快的打闹后，我们终于开始认真地割草。割好草后，回到家里似乎还在兴奋着，晚上睡觉梦中也是这些场景。

多年前，我到一个小镇上打工，每天干着繁重的工作，重复着枯燥的动作，感受着打工的艰辛。由于年初厂里的活儿不多，阳春三月，只要厂里没活时，我便和同事到山上采茶。茶园里嫩绿的新茶在风中微微摆动。我们在茶园里穿行，一边说笑一边采茶。有一位女同事采起茶来双手敏捷，她飞快地采着茶树上的嫩叶，看得我眼花缭乱。采了整整一上午茶，布袋里已经满满的。我们便背着布袋，一路唱着歌下山去。仿佛这时的春天特别的美，这儿的春意特别的浓。

2

前些年，我回到县城工作，每周都往返于乡间与县城之间。看着乡间的景色，感受着春天的变化，那是在县城里怎么也感受不到的，比如上周回家看见油菜花开了，这周回家看见小草又绿了好多。在一次又一次的回家中，大地变得更加湿润了，枝条变得更加柔软了，春天的味道变得更浓了。

我常想，乡下的春天比县城来得更早一些。县城里的积雪还未融化，身上的冬衣还未脱下，春风吹在脸上还是冷飕飕的。可是，不管你信不信，乡下的春天分明已经来了。农人们在田野上劳作的身影，女人们在小溪边洗衣服时爽朗的笑声，小鸟在枝头欢快地跳跃，将春天悄悄地带来。忽然，青青的小草已经悄悄地探出了头，暖暖的阳光已经开始明媚起来，小溪里清清的水流淌着、欢唱着，风也变得柔软而含情起来。

路边一棵棵光秃秃的树上冒出了一片片新叶。笔直的干、笔直的枝。树上的嫩叶一天一天地增多，变得密密的，宛如帽子一般。小鸟在树上欢快地跳来跳去，唱着一首春天的歌。树上的叶子一簇簇，那些嫩叶像向上的手掌，要握住阳光、抓住雨露似的。

桃花在暖阳的爱抚下开了，我喜欢那一朵朵小小的，绽开在枝头的，粉粉的花。只是一瞥，一颗心便栖在那片粉色里。这个春天，只有桃花在春风里微笑，春天才更有风情。李花也开了，白得纯净，白得无瑕。春天真是太美了。

吹面不寒杨柳风。春天的风，从遥远的旷野吹来，掠过了乡村，掠过了河流。暖暖的春风吹在脸上，好像羽毛轻拂；又好像孩子们稚嫩的小手在我脸上抚摸。风的声音，仿佛是春天的足音。她徒步而来，翻山越岭、跋山涉水，姗姗来迟……我行走在田间，嗅到风带来的花朵的芳香，看到春天露出灿烂的笑容。

在三月那暖暖的阳光下，像小孩一样顽皮的就是山野中的小草。在这百花盛开、万紫千红的春天里，各种各样的花以艳丽的色彩、醉人的芳香，让沉睡一冬的大地尽情地陶醉在花的美丽和幽香里，还有青草那淡淡的泥土般的清香，也为春天添彩。

初春的阳光让人沉醉。人们在暖暖的春日里到田间地头转悠，或在村子的河边漫步。春阳驱走了浸入骨髓的冬寒，驱走了满世界的枯寂，驱走了一冬天的沉郁。春光明媚的日子，人的心情是舒畅的，呼吸着春阳下的空气，感觉温润、温情。

3

在灿烂的阳光下，农事将乡村点缀得格外繁忙而温馨。农事在父亲的犁铧下变成一行行抒情的诗句。本来平静而悠闲的乡村，在一场细细的春雨后，显得格外的热闹而繁忙。因为"春雨贵如油""一滴春雨一两金"……这时，山里人的心便开始躁动起来，一声声"播种啰——"的声音，将沉寂的山村喊醒，躲在林间的布谷鸟也来凑热闹，一声声"布谷——布谷——"的叫声，为村庄增添了几分热闹、几分春意、几分生气。一把把金黄的谷粒，从庄稼人那双粗糙的手中洒下；一粒粒饱满的玉米种子，从大山里那粗犷的笑声中滚出……播种，就是一个崭新的开始。一粒粒种子，连同这融融的春光，连同这质朴的情感，一起播散在这片新翻的热土里……

春雨就像一首抒情诗，让整个大地充满诗情画意。一丝一丝的细雨，像优美的诗句在风中飘来飘去。飘得人们心情舒畅，飘得人们心旷神怡。春雨是迷人的，这是入春以来的第一场雨。雨虽然不大，却给人们带来了惊喜。那淅淅沥沥的春雨，带着她独有的清凉与明丽，从容、舒缓，纷纷扬扬，飘飘洒洒。柔软的雨丝舞动着优美的风姿，在天与地之间画着道道美丽的弧线。随后，大地上便长出了新绿、长出了希望。

那些去乡间踏青的城里人，被开在乡间的红红的桃花、洁白的李花吸引。溪流又有了叮咚的声响。啾啾的小鸟在树枝间跳跃，犹如五线谱上跃动的音符。远远望去，农人的目光中充满憧憬，话语里有着藏不住的欢乐与喜悦。春天在人们的欢声笑语中，充满了诗意。

漫步秋天

经过春的绚丽，夏的热烈，秋天说来就来了，带给我一片凉爽。

记得我小时候，秋天是一个很浪漫的季节，山间笼罩着永远散不尽的雾，努力攀升的太阳要到中午才能照进山里。小伙伴们常常在雾中捉迷藏，在雾中奔跑，欢笑声在山间回荡。等到玩累了，再去偷摘一串甜甜的、酸酸的葡萄吃，也不会被人看见。等到太阳照亮山野时，已是中午时分了，我便躺在河岸边的草地上，望着天空中悠游而舒展地飘浮着的白云，还十分感慨地说一句："秋天真好！"

秋天不仅带给人一片凉爽，更给人带来收获的喜悦。春夏秋冬，本是天地间最为普通的季节规律，似乎很不值得花费心思与笔墨去描述。可是不知道为什么，自古以来，多少文人墨客、才子佳人，无不悲秋恋秋。孟郊在《婵娟篇》中写道："月婵娟，真可怜。"谢庄在《月赋》中又写道："美人迈兮音尘阙，隔千里兮共明月。"

秋天，不管是在地里干活还是田间漫步，都有微风悄悄送来凉爽，带来欢欣。那沉寂了一个季节的乡间，也似乎变得热闹起来。地里的庄稼成熟了，处处飘香。放眼望去，一幅生动的"秋日丰收图"

169

映入眼帘：田地里，高粱涨红了脸，稻谷弯下了腰；院坝边，梨树上的果子成熟了……看着这个成熟的秋天，闻着醉人的馨香，人们尽情享受着丰收的喜悦。

这时，人们高兴地到田野，开始秋收。首先是去田埂上收割沉甸甸的高粱，这是在为收割田里的稻子做准备，好让收获稻子时畅通无阻。忙碌了好一阵后，做累了也口渴了，便跑到院前的梨树上摘几个梨吃，解渴又解乏。难怪文人墨客常用"秋风送爽""硕果盈枝"作为形容秋天的词语，这便不难想象，秋天不仅是一个硕果累累的季节，更是一个富有诗情画意的季节。

农谚道："立秋十天满田黄。"收割稻子时一般都是三两家人换活儿，在田里割谷子的努力割、挞谷子的使劲挞，挑谷子回晒坝的往返地挑……总之分工明确，又合作得那么完美。他们有说有笑，笑声在挞谷声中显得那么和谐。妇女们一边帮着做饭，一边在晒坝晒谷子，忙碌而快乐，因为平时很难在一起拉家常，这时打开了的话匣子似乎关不住，说话声一拨高过一拨，小院顿时变得热闹而温馨。

当田里的稻谷收割完了后，秋天的太阳似乎也变得温和了许多，男人们便赶着牛下到田里犁田，因为有"七月犁田一碗油，八月犁田半碗油"的说法，实则是在秋雨来临前把田整好，方便蓄水，来年开春又好播种。妇女们则在晒坝晒谷子，这时的晒坝似乎就成了秋天最美丽的风景了，穿得花花绿绿的女人们，在金黄的谷子的映衬下，显得更加耀眼，更加美丽。她们爽朗的笑声，在秋天的阳光下像溅落玉盘的珠玉发出的声音般悦耳动听。

人们把晒干了的谷子装进粮仓之后，院坝像田野一样显得格外的空旷。秋夜，在那明净如水的月光下，一家人坐在坝子里，在晚风的吹拂下，感受着收获带来的喜悦。仿佛在心里计划着，卖了粮食又该去添置几样新家具了，才能与新修的楼房匹配。也该给在省城打工的儿子儿媳送一袋新米去，让他们品尝品尝。

有的到田野上走走，刚收割完稻谷的田野显得空空荡荡的，还未散尽的稻香随着徐徐的秋风扑面而来。前面不远处的苞谷地"啐啐嗦嗦"地响，那是秋风吹动苞谷叶发出的碰撞声，更是欢欣与喜悦的碰撞，听得人心中乐滋滋的。抬头看看天空，繁星点点，月光含情脉脉地照在大地上，虽然没有春那样妩媚，没有夏那样热烈，但却显得成熟而温柔。

突然，天空飘来一场秋雨，秋雨不像夏日暴雨那般猛烈，如春雨般柔和，携带着一份扑面而来的凉爽，淅淅沥沥，飘落在刚刚收割后的田野上，让空旷的大地上多了几分生气。秋雨缠缠绵绵地飘落在小院的瓦房上，沿屋檐滴落的雨声似乎有着节奏，让宁静的小院多了几许诗意。"一场秋雨一场寒"，秋雨退却了炎热，洗去了酷暑。刚刚从收割的忙碌中歇下来的人们，变得悠闲起来。男人们倒上一杯酒，独自在小院小酌，感受着丰收的喜悦。女人们则三五成群聚在院落里，拉着家常说着笑，说话声一声高过一声，笑声也一浪高过一浪……

人们似乎跟这秋雨一样，显得从容起来。不是泡上一碗茶独自在院子里坐坐，就是跑去村口的老院子与人一边喝酒一边聊天。雨不但浸润了干渴的田野，更浸润着人们的心灵。一连下了好几天雨后，那刚整好的田里也蓄上了水，就像蓄上了明年播种的希望。高兴之余，人们这才发现，凉爽了许多，秋天的色彩更浓了许多。

在这悠闲的季节里，秋雨也下得不紧不慢，一连下了好几天也没有要停的意思。有时雨依附着风，风裹卷着雨，时大时小，下个不停。勤劳惯了的人们也闲不住，便冒雨到地里看看，不看不知道，一看便让人兴奋，才播下没几天的菜种子，在这秋雨中悄悄地萌芽了，嫩嫩的芽已经钻出了土呢！

经过秋雨浸润的土地，也变得润润的、松松的。这时，人们便盼望雨住天晴。秋雨不但浸润着土地，更浸润了人们有如春天一样的梦境！

在秋阳的点缀下，整个大地都呈现出梦幻般的色彩，整个田野都如图画般绚丽。虽然树上的叶子有的枯黄，有的飘落，但树枝的坦然却显出男子汉的气概。虽然那散不去的白雾笼罩着山顶，但大山的挺拔却撑起了山里人的信念。在阳光下，秋天仍有看不尽的美，仍有描绘不完的希望，仍有品不尽的滋味。

虽然在秋雨来临之前田里的稻谷已经收割完了，但还没有完全晒干，晒坝里依旧晒满金黄金黄的稻谷，远远看去像一幅金色的图画点缀着乡村。男人们在地里劳作的身影，在秋阳下晃动着，看上去他们是那么的快乐，也那么的开心。秋阳看似火辣辣的，但却像一个老人，多了几许平和，更多了一丝慈祥。

在这秋天里，我仿佛从那些在秋风中飘逝的飞花中，从那些渐渐枯黄的不知名的小花里，看到了一个有生命有内涵的秋，得到了一个充满人生哲理的启示：山野上的小花，它们没有因为雪打霜冻而过早地枯萎，而是充分吸收日月的精华，等待下一次的破土而出；那金黄的随风飘落的梧桐叶，曾经替多少脚步匆匆的行人遮过灼热的阳光，挡过多少无情的风雨，如今它自己凋零了，可它无怨无悔，因为，每一个曾经在它的绿荫下走过的人，心中都会有一片永远的绿色……

此时，我漫步在秋日的小径上，一边听着鸟儿的欢歌，一边看着晴空下悠悠的白云，以及田野山川由一抹黄、一抹红、一抹绿交织而出的美景，仿佛置身于秋深邃而宁静的意象中，陶醉在秋绚丽多彩的意境里。我仿佛看到了一个黄金的季节，充满着收获的欢笑，散发着喜悦的味道，承载着春天播下梦想时的憧憬……

生命因为秋天而变得更加的厚重，人生因为秋天而变得更加的五彩斑斓！

向上的草

1

常年漂泊在外的我，只要想起故乡，就会自然而然地想起草。不管是田边土坎，还是山坡平地，随处可见的都是草。草给人温暖，给人力量。

有一首歌唱道："没有花香，没有树高，我是一棵无人知道的小草。从不寂寞，从不烦恼，你看我的伙伴遍及天涯海角。春风啊春风你把我吹绿，阳光啊阳光你把我照耀，河流啊山川你哺育了我，大地啊母亲把我紧紧拥抱……"在三月那暖暖的阳光下，四处散发着小草淡淡的清香味。草让故乡变绿，草更让故乡充满诗意。早春的一场小雨过后，小草就探头露尖，那淡淡的一层嫩绿像薄雾轻云浮在地面上，给大地平添了一抹似有似无的朦朦胧胧的绿色。

小时候，我每天早上起来或者放学后回家，总要背着一个背篓，手拿镰刀，去山坡上割草。那时的草仿佛飘着清香，顽皮得像个孩子，在微风中摇着小脑袋，在阳光下偷偷发笑。尤其是刚刚淋过雨水的小草，全身沾满水珠，闪闪发亮，碧绿油嫩，一小片一小片地染绿了空地，草尖儿在暖日微风中微微摆动，自得其乐。我们忙活好一阵后，很快割满了背篓。三五成群的小伙伴，在广袤的田野里欢呼跳跃，你追我赶，打闹了好一阵，玩累了就躺在草地上，看着蓝蓝的天，心中总有说不出的高兴。

虽然草没有松树的挺拔和高大，没有鲜花的艳丽和芬芳，没有果实的食用价值，似乎没有人会在意它存在与否，而它却以一种低姿态的方式生存，从来不和任何身边的花朵争宠，不嫌弃土地的贫瘠。不管是在高山上或悬崖下，在田野里或庄稼地的夹缝中，它都在默默地生长。

2

草就这样默默无闻地以它那独特的方式生长着，不管是在田边土坎或是在山坡空地，它不像花那样尽情地展示自己，而是用一冬储存的力量、一冬积蓄的希望，让自己在这美丽的春天长出青青的梦境般的嫩叶。每一片叶子都保持着乐观向上的精神，每一片新叶都是一个崭新的开始，每一片叶子都是一个生命的奇迹。它从不向人们炫耀，只默默地为大地吐绿，为春天添彩。

草的芳香最让牛陶醉，是青青的草养育着一头头像山里人一样能支撑起负重生活的牛。在牛走过的地方总会长出一些青青的草，在有草生长的地方也会长出一些庄稼。就是这些庄稼养育着山里人……朴素得跟牛一样忠实于土地的草，坚强得跟山里人一样，一切困难都压不倒。草没有花艳丽，但是不管是冰雪覆盖，还是风吹霜打，它总是以惊人的生命力，默默地坚守着自己的信念，在来年的春天焕发出蓬勃生机。

那长满草的山上山下、田边土里，就是庄稼人劳动的地方，山里人就在这里播种希望，就在这里种下梦想。累了坐在草地上躺会儿，望着蓝天白云，是那样的快乐而温馨；闲了坐在草地上与人聊会天，聊庄稼的长势，聊今秋的收获；有啥心事，独自来到草地，看着青青的草在风中摇曳，闻着青青的草那醉人的芳香，心事消散，又去自家的庄稼地里转转，为庄稼的长势而高兴；有啥高兴事时，也去草地，对着长满草的大山，望着绿油油的田野，发自内心地开心，似乎只有草能与他一同分享这份快乐……

3

那年，家乡的一片山林突发大火，山上的树被烧死了，草也被烧得精光。可到第二年开春，草仍从被烧过的地里长了出来，而且仍然是青青的。正如白居易所写："野火烧不尽，春风吹又生。"还有一次，我看到在狂风暴雨席卷中的草，在河堤旁苦苦挣扎，最后被暴雨连根带泥冲走了。可开春后，草又奇迹般地在那里生长。那密密匝匝的青草，给土地覆盖了一层厚实的绿被，仿佛是纯天然的绿色地毯。

草不但让我的童年充满着快乐和美好，而且还救过我的命。有一次，我爬到一棵树上砍一些树枝，想等晒干后让母亲煮饭时烧。可在我砍了一阵后，手抓的那根树枝突然断了，我从高高的树上摔下来。幸好下面是一片草地，当时我昏死过去，父母赶忙把我送到医院抢救，我奇迹般地好了，最后父亲感叹道："多亏树下是一片草地，不然你肯定没命了。"由此，我对小草充满着感激之情，更对小草有着深深的爱。

夏天，好长时间没有下雨，人们只能一次次地为庄稼和蔬菜浇水。可是，那些可怜的草只能奄奄一息地等待每日的露水，润一下将枯萎且失去绿色的叶子。终于，它们熬到了下雨天，几乎是一眨眼的工夫，它们的叶儿全都成为绿色的，那么干净、那么漂亮，由墨绿，而油绿，继而嫩绿，然后是一发不可收地、打着滚儿地猛长。到了秋天，小草繁茂丛生，绿意盎然，蓬蓬勃勃。到了冬季，小草枯黄。冬去春来，小草焕发生机，一片片，齐刷刷冒出头来，这种绿草如茵的美景，令人赏心悦目，天地为之一振。

小草纤细柔弱，却有着坚韧倔强的性格。风过处，它看似低首屈服，那腰肢弯曲着，不能负荷一只蜻蜓、一只蝴蝶的重量，甚至一只青虫都不行。但风是压不垮它的，它依然顽强地生存着。风吹雨打，烈日炙烤，也不能摧毁它的意志。也有人这么说过，风会让它暂时摇摆，但它的根是深扎在泥土里的，绝不会飘忽不定，甚至迷失自我。

小草朴实无华，没有花的芬芳、没有树的伟岸，路边、山坡、岩石缝随处可见。每年它都早早地来到春天里，用绿色装饰大地，使人们看到久违了的色彩，从而解封了那颗被冬天冰封了太长时间的心灵。这就是平凡的小草，它生长在树下，用自己的渺小赋予树的高大；它生长在花旁，用自己的平凡衬托出花的美丽；它生长在路边，被多少人践踏，却没有屈服，仍顽强乐观地迎接着黎明，在朝霞洒向大地时，它又长出了一片新绿，这就是小草平凡中的伟大！

4

但凡有时间，我总是回到故乡，站在一望无际嫩绿的田野里，看着青青的草，沐浴着和煦的阳光，呼吸着清新的空气，任由耳边的春风呼呼作响；徜徉在如画的大自然里，人变得像水中自在的鱼儿、天上展翅飞翔的鸟儿那样无虑、自由……

在森林里，高大而古老的松柏树是绝对的英雄，顶天立地，这片区域看起来似乎没有草插足之处，而草却在边缘角落顽强地生长，用自己的毅力和一颗向上的心，为这片森林增添了柔美和风情。就是在冬天，那些被寒风刮得凋零的草，也在顽强地生长着，虽然有的草枯死了，但只要扒开泥土看看，那些藏在地下的种子，已经吸饱了水分；那些看似枯萎的草根儿，还依然活着……

在众多植物中，也许草离泥土最近，最能感受到土地的肥沃。它的血液里流淌着大地的质朴，它的身体里浸透着山里人的勤劳。虽然，它没有雍容华贵的牡丹那般高贵，没有亭亭玉立的荷花那么优雅，没有素雅纯洁的兰花那么脱俗，也没有火红娇艳的玫瑰那么明艳……但它却有端庄质朴的美，为蓝天唱着无声的颂歌，为大地默默地增添生机。

如今的乡村，大多数山里人都出去打工了，田野里到处长满了草，就像少数留在家乡守望土地的人，有着对土地深深的爱和对故乡浓浓的情。即使无人打理、无人在意，草依赖脚下的一点点土壤和水分，还有一丝丝阳光和空气，也能活得自由自在、有滋有味！